RENDEZ-VOUS AVEC LA MORT

BIENVENUE EN ENFER 3

EVE LANGLAIS

Copyright © 2022 Eve Langlais

Couverture réalisée par Dreams2Media © 2022

Traduit par Adeline Nevo et Valentin Translation

Produit au Canada

Publié par Eve Langlais

http://www.EveLanglais.com

ISBN livre électronique: 978-1-77384-3216

ISBN livre papier : 978-1-77384-3223

Tous Droits Réservés

Ce roman est une œuvre de fiction et les personnages, les événements et les dialogues de ce récit sont le fruit de l'imagination de l'auteure et ne doivent pas être interprétés comme étant réels. Toute ressemblance avec des événements ou des personnes, vivantes ou décédées, est une pure coïncidence. Aucune partie de ce livre ne peut être reproduite ou partagée, sous quelque forme et par quelque moyen que ce soit, électronique ou papier, y compris, sans toutefois s'y limiter, copie numérique, partage de fichiers, enregistrement audio, courrier électronique et impression papier, sans l'autorisation écrite de l'auteure.

1

— Fait chier !

Lucifer froissa le parchemin incriminé avant de le lancer dans les airs, puis d'un mouvement du doigt, enflamma la missive qui l'avait mis de mauvaise humeur.

Abaissant sa liseuse, Gaïa sa petite amie dernièrement de retour, lui lança un regard et déclara :

— Je ne savais pas que tu avais changé de bord.

— Je parle au sens figuré, pas littéral.

— Ooh, des gros mots. Quelqu'un révise son vocabulaire ?

Impertinente ! Lucifer lui lança un regard noir.

— Dis donc, tu es très drôle ce matin.

— Drôle ? Moi ? dit-elle en battant des cils et feignant l'innocence. Je suis simplement impressionnée par tes compétences orales.

— Je préfère quand elles te font crier, pas te moquer.

— C'est noté. Alors, qui veux-tu baiser ?

Un frisson le parcourut en entendant cette grossièreté. Les jurons de Terre Mère l'excitaient toujours.

— C'est toujours toi que je veux baiser.

— Tu veux dire au sens propre ou figuré cette fois ? demanda-t-elle avec un sourire impertinent.

Le grondement qu'il poussa était en général du genre à faire courir ses sbires dans tous les sens.

Pas Gaïa : au contraire, elle rit.

— Je préfère poser la question. La dernière fois quand j'ai dit « mes fesses ! », tu...

— Je suis tombé à genoux et je me suis exécuté avec plaisir.

Sa petite amie avait le fessier le plus délicieusement bombé du monde. Lucifer la dévisagea, mais étant retournée à son livre, elle manqua son coup d'œil suggestif. Quelle impertinence. Elle était la seule à oser le traiter comme un homme au lieu d'une divinité toute-puissante.

— Je suis sûr qu'il fait tout ça exprès pour me gâcher le jeu.

— Qui ça, mon cher ? demanda distraitement Gaïa alors qu'il faisait les cent pas au pied du lit à baldaquin — également appelé « nid du péché originel », du moins selon la publication mensuelle *Hell and Garden*. Et qu'a-t-il osé faire pour éveiller la colère renommée du grand et puissant Seigneur de l'Enfer ?

Le torse de Lucifer se gonfla de plaisir. Il n'avait jamais pu résister à un compliment.

— Qui d'autre à part ce dieu ancien dont je me refuse de prononcer le nom ?

Parce que plus on croyait et parlait d'une divinité, plus elle devenait puissante. Le pouvoir allait à ceux qui avaient des adorateurs, et c'était la raison principale pour laquelle Lucifer aimait semer le trouble parmi les mortels. Rien de tel que de faire parler de soi dans l'actualité et les églises pour avoir un boost d'adrénaline.

— Ce salaud s'est moqué de moi au sujet de notre prochain match de golf.

— Moqué ? Comment a-t-il réussi cet exploit ? Parce qu'aux dernières nouvelles, tu ne lui parlais même pas.

— C'est toujours le cas. Mais mes espions disent qu'il médit de moi.

— Tout comme toi.

— C'est différent.

— Évidemment, dit-elle en levant ses yeux vert forêt. Nous savons tous que l'univers tourne autour de toi.

Il choisit d'ignorer le sarcasme contenu dans son ton pour se concentrer sur la vérité, un mot qu'il considérait habituellement comme un gros mot, mais dans ce cas ça lui convenait.

— Je le sais aussi. C'est pour ça que j'ai un plan pour le récupérer.

— Est-ce que ça implique de le tuer, le mutiler ou déclencher une guerre interdimensionnelle ?

— Non. Aucune violence, du moins de ma part, répliqua Lucifer en faisant une pause avant de lui demander d'un air des plus sérieux : tu crois que je perds la main ?

Le fait qu'il n'ait pas planifié de meurtre et de chaos, signifiait-il quelque chose en tant que Seigneur du Péché ?

Gaïa mit de côté son appareil électronique et le regarda.

— Oh, je dirais que ta main n'a jamais été aussi douée.

Elle lui fit un clin d'œil en s'humectant les lèvres : trique instantanée.

— Tu sais, je trouve une vengeance bien réglée et éloquente, tellement plus satisfaisante qu'une vieille guerre ordinaire. C'est plus sexy aussi. Tu sais à quel point j'aime quand tu deviens sournois.

Elle ronronna la dernière partie.

Et c'était vrai. Il savait à quel point Gaïa aimait la vengeance subtile. Le monde entier aimait cela. Quand Lucifer secouait le monde de Gaïa, elle secouait celui des mortels. On pourrait déplorer ses prouesses incroyables concernant le sort de l'humanité — lorsque le lit commençait à trembler, la terre tremblait. Dommage pour les humains, mais ici en Enfer, ça ne servait qu'à rehausser sa réputation.

Booyah !

Mais pour revenir à son ennemi juré : il était temps de mettre son plan à exécution. Il avait un adversaire à combattre et une partie de golf à gagner.

2

Plus qu'un seul ingrédient à ajouter. Marigold le lâcha au-dessus du chaudron bouillant et commença à réciter le sort qui devait lui accorder quelque chose dont elle avait rêvé toute sa vie. Une chose d'une valeur inestimable que les cosmétiques modernes promettaient mais ne réussissaient jamais à atteindre : se débarrasser de ses taches de rousseur.

Étourdie d'impatience, elle prit une profonde inspiration et continua son chant :

— Poils de la bête divine, exaucez mon vœu.

Ringard, mais ce n'était pas elle qui avait créé le sort. Elle tint les cheveux scintillants de la licorne au-dessus de l'infusion bouillonnante : une concoction mousseuse qu'elle n'avait pas du tout envie de boire, car ça sentait mauvais et que ça avait l'air dégoûtant, mais elle était prête à le faire si ça pouvait l'aider. Tombant vers le bas, le brin scintillant sombra dans la potion avec un grésillement menaçant.

Hmm, j'espère que ça ne me fera pas ça quand je l'avalerai.

À l'aide de sa cuillère en bois, elle remua la concoction bouillonnante et fumante. Une fois les soixante secondes prescrites écoulées, Marigold s'apprêtait à réciter le reste de l'incantation, quand elle entendit un bruissement de tissu.

Se détournant brusquement de sa poêle et de l'infâme breuvage, elle remarqua une silhouette masquée qui se tenait en dehors de la lueur des bougies, une faux dans la main.

Vu qu'elle avait verrouillé sa porte et vivait au huitième étage, sa présence ne présageait rien de bon.

— Qui êtes-vous ? demanda-t-elle.

Par précaution supplémentaire, elle s'empara de son poignard rituel et le brandit devant elle.

— Tu peux me voir ?

À en juger par son ton, l'étranger encapuchonné semblait déconcerté.

— Eh bien, oui, répondit-elle en levant les yeux au ciel. Tu es là devant moi, et je ne suis pas aveugle, tu sais.

— Mais tu n'es pas censée me voir.

Encore cette incrédulité. Bienvenue au club. Il pensait qu'elle ne devait pas le voir, et elle pensait qu'il ne devait pas être là. Ça les rendait à égalité d'une certaine façon.

— Non seulement je peux te voir, mais j'aimerais savoir comment tu es entré ici ?

Les portes de l'appartement de Marigold n'étaient pas seulement verrouillées, elle les avait aussi ensorcelées. Alors, comment était-il entré sans déclencher aucune de ses alarmes ? C'était peut-être un démon. Ou un fantôme, ou...

— La mort ne peut être entravée par un simple verrou mortel, annonça-t-il pompeusement d'un geste de la faux.

L'étranger avait un accent que, malgré les circonstances étranges, Marigold trouva excitant.

— La Mort ? gloussa-t-elle. Oh, allez. Tu n'es pas assez grand ou effrayant pour être lui.

Dans les un mètre quatre-vingt-dix, bien que large d'épaules, son visiteur n'avait pas la prestance et la stature menaçantes qu'elle se serait imaginées de la part d'un vrai dieu.

Un grognement s'échappa du capuchon qui cachait son visage.

— Je ne suis peut-être pas le véritable Seigneur de la Mort, mais je suis l'un de ses lieutenants. Maintenant, ça te dérangerait d'arrêter tout ce bavardage oiseux et de continuer ce que tu faisais ? J'ai d'autres rendez-vous.

Mais la mère de Marigold, malgré sa nature étourdie, n'avait pas élevé une idiote.

— Attends une seconde. Si tu es ici pour m'emmener en Enfer, alors ça signifie que je suis sur le point de faire quelque chose de mortel.

Elle regarda son chaudron fumant et soupira.

— J'aurais dû m'en douter plutôt que d'essayer un sort que j'ai trouvé sur Internet.

Soufflant les bougies – quatre bougies noires de suif, une pour chaque point de la boussole –, elle rangea soigneusement les cheveux de licorne restants, une denrée précieuse qui lui avait coûté cher, et se tourna vers son invité non-invité en souriant.

— Désolée. J'ai décidé que ce n'était pas le bon jour pour mourir. Rendez-vous dans, genre, euh, cent ans.

— Tu te fiches de moi ?

L'agent de la Mort n'avait pas l'air très content. Levant un bras, la manche lâche de sa robe retomba en arrière et une grande main — recouverte de peau, et pas seulement une protubérance osseuse — repoussa la capuche. Des yeux flamboyants la regardèrent, mais ce n'était pas ce qui laissait Marigold sans voix : l'homme était vraiment beau.

Quand elle s'imaginait la Mort et ses sbires, elle pensait à des silhouettes squelettiques avec des yeux rouge charbon effrayants. La réalité était très différente... dans le bon sens. La dominant de sa grande silhouette, la Faucheuse la fixa avec des yeux noirs intenses, des traits ciselés avec des pommettes saillantes, un nez droit aristocratique, une mâchoire carrée — recouverte d'une barbe sexy — et des lèvres charnues et sensuelles. Ses cheveux étaient courts et d'une couleur ébène qui rougeoyait dans les lumières tamisées de son appartement... et mettait magnifiquement en valeur son bronzage pâle.

Je me demande s'il se mettrait nu pour que je puisse voir s'il est entièrement bronzé ?

Sa robe cachait malheureusement le reste, mais si son corps correspondait aux grandes mains et à l'avant-bras épais et musclé qu'il avait révélés, elle se dit qu'il était dommage qu'il collecte les âmes au lieu de danser sur une barre.

Il pointa sa faux sur elle.

— Tu ne peux pas éviter un rendez-vous avec la Mort, alors coopère et finis ce que tu faisais.

Têtue et pas du genre à suivre les ordres, Marigold croisa les bras sous ses seins et secoua la tête.

— Non. Et tu ne peux pas me forcer.

Enfin, je crois, ajouta-t-elle silencieusement.

— D'après qui ? demanda-t-il en avançant d'un pas menaçant.

— Moi, le défia-t-elle avec une bravoure qu'elle croyait à peine possible mais qu'elle imita très bien. Alors vas-y, tue-moi de sang-froid, espèce de grand... grand méchant.

Les injures étaient assez boiteuses, mais elle ne pouvait se résoudre à lui dire quelque chose de diabolique. Par contre, ça ne l'aurait pas dérangée qu'il fasse des choses diaboliques à son corps... nue, bien sûr.

— Je suis un méchant ? Sache que les femmes disent que je suis l'homme le plus gentil qu'elles aient jamais rencontré.

— Avant ou après que tu as emporté leurs âmes vers ton patron ? répondit-elle sarcastiquement.

— Je ne mélange pas affaires et plaisir.

— Quel dommage, déclara Marigold. Je suppose alors que tu ne peux pas accepter mon invitation à dîner demain soir ?

L'invitation sortit de sa bouche avant que son cerveau puisse l'en empêcher, mais une fois sortie, elle ne ressentit aucune envie de la retirer. L'homme ou le sbire, quel qu'il soit, donnait tout son sens au mot « délicieux ». Et étant donné que sa vie amoureuse était au point mort, un rendez-vous, quel qu'il soit, était le bienvenu, même un rendez-vous avec la Mort.

— Tu veux que je revienne dîner ? demanda-t-il avec à nouveau ce ton incrédule. Tu n'as pas peur que j'essaie de prendre ton âme ?

— Tu pourrais attendre après le dessert ? Je fais un cheesecake épatant.

Au lieu de répondre, il secoua la tête et marmonna quelque chose dans sa barbe qui ressemblait étrangement à « complètement folle », avant de disparaître. Sympa l'astuce.

Ce n'est qu'une fois seule dans sa cuisine, sans cet homme imposant qui prenait toute la place, que cela la frappa. Elle venait d'échapper à la mort. Oh mon Dieu ! Et comme une idiote, elle l'avait invitée à revenir. Elle se frappa le front.

Ai-je envie de mourir ? Quoique, ça ne me dérangerait pas d'avoir, comme disent les Français, une petite mort. Ou connaître le grand O.

En tant que serviteur de la mort, cela le rendait-il plus raide qu'un homme normal ? Elle ricana à sa propre blague idiote. Elle ne le saura probablement jamais. À moins qu'elle fasse quelque chose de stupide, ou que ce film « *Destination finale* » soit basé sur la vérité, elle ne le reverra pas à moins de mourir. Dommage. Elle ne put s'empêcher d'être déçue. Qui pourrait la blâmer ?

L'homme dégageait une vibration très sexy et ça faisait un moment qu'elle n'avait pas été bouillonnante et en sueur pour quelqu'un.

Peut-être qu'il reviendrait ? Après tout, techniquement il n'avait pas répondu à son invitation. Le problème c'est que lorsqu'il reviendrait, le ferait-il dans le rôle du galant ou parce qu'il avait prévu de la reprogrammer ?

Juste au cas où, elle ferait mieux de s'épiler.

3

Mictain, le dieu aztèque de la mort et percepteur d'âmes pour Satan, se *translocalisa* — un nouveau terme fantaisiste créé par le bureau de la terminologie métaphysique et du progrès scientifique, désignant le fait de plier l'espace et le temps afin de se rendre instantanément d'un point A à un point B — à son domicile dans l'Hadès. Il était toujours secoué par sa rencontre avec cette incroyable humaine, et il n'était généralement pas du genre à être troublé, mais elle l'avait pris au dépourvu pour plusieurs raisons : la plus choquante étant qu'elle l'attirait. Il vivait — ou pas selon la façon dont on voyait les choses — depuis longtemps et alors qu'il prenait souvent son plaisir avec des femmes, humaines ou pas, jamais il n'avait ressenti un désir aussi instantané, et jamais il n'était devenu aussi dur après une simple conversation. Et leur conversation n'avait même pas été excitante. Cependant, la sorcière elle-même l'était. Quelque chose en elle déclenchait une réaction en chaîne dans son corps.

De taille et de traits banals, rien chez elle ne la faisait ressortir du lot, et pourtant, elle l'attirait, même vêtue de son crop top déchiré et de son short de sport échancré. Était-ce sa crinière brune et bouclée qui encadrait librement son visage ? Sa silhouette généreuse lui plaisait indéniablement, avec ses hanches larges, sa taille fine et son décolleté profond — un corps pulpeux fait pour être baisé comme le lui rappelait son sexe fébrile. Il aimait même la façon dont ses taches de rousseur s'étalaient sur son petit nez et rehaussaient sa bouche rose ; une bouche qu'il imaginait s'activant sur une certaine partie de son corps avec enthousiasme. Elle avait également de jolis yeux verts avec des cils noirs qui le regardaient avec un intérêt franc, ce qui suscitait cette question : comment, par les neuf cercles de l'Enfer, avait-elle réussi à le voir ?

Personne ne voyait jamais la Mort venir. Enfin, avant si, mais tous les cris et supplications étaient très agaçants, d'où les capes d'invisibilité que tous les percepteurs d'âmes portaient de nos jours. Peut-être que son vêtement était revenu défectueux du pressing ? Devait-il le tester ? Ce n'était pas difficile. Il se rendit au service de cancérologie d'un hôpital qu'il visitait beaucoup trop souvent, et d'un pas silencieux, il se faufila entre les lits des malades et des mourants en agitant les bras et criant même « bouuuh ». Personne ne lui prêta attention.

Il se translocalisa à nouveau en Enfer, plus perplexe que jamais. Si sa robe fonctionnait, alors comment avait-elle percé sa magie ? Il allait devoir déposer un rapport. Merde. Il détestait tellement la paperasse.

Mictain posa sa faux contre le mur, près du porte-manteau et retira sa robe de travail pour l'accrocher. Il détestait porter ce truc stupide. Il y a quelques années, un mouvement lancé par le syndicat de la Faucheuse, avait pris de l'ampleur afin de changer leur uniforme, mais ça n'avait jamais abouti. Dommage car ces maudites robes allant du cou jusqu'aux pieds, démangeaient et tenaient chaud. Cependant, leur fonction d'invisibilité était utile au moment de récupérer les âmes, ce qui lui rappela à nouveau la brune pulpeuse qui avait réussi à le voir.

Une fois la robe source de démangeaison retirée, Mictain, vêtu d'un jean et d'un tee-shirt, entra dans son bureau et sortit le dossier de Marigold en se demandant ce qu'il avait bien pu rater.

Nom du futur mort : Marigold Stanton
Heure et date de la mort : 20:38:17, le 7 février 2011
Lieu : Cuisine (coordonnées 66:66:66:66)
Méthode de mort : ingestion de potion empoisonnée
Percepteur d'âmes : Mictain

Destination finale : l'Enfer
Signé : Lucifer, Haut Seigneur du Péché

Il s'agissait là des grandes lignes. Après tout, quand la Mort venait chercher une personne, elle n'avait pas besoin de savoir grand-chose : juste quand et où. Trier les âmes et décider de leur punition, incombaient à Lucifer et, à de rares occasions, à Dieu lui-même. Il manquait malheureusement certains détails au rapport, que Mictain aurait aimé connaître, comme son âge et si elle sortait avec quelqu'un. Qu'elle ait mérité une place en enfer ne le surprenait pas : la plupart des gens avaient du mal à suivre les règles strictes d'admission au Paradis. Non pas qu'il se souciait de sa personnalité ; s'il s'intéressait à elle, c'était uniquement parce qu'il devait expliquer son échec à son patron, Satan en personne.

Son *hellphone* se mit à sonner — une version du téléphone portable de surface alimentée par l'âme des PDG des compagnies de téléphone. Le Seigneur de la fosse avait un sens de l'humour tordu, surtout quand il s'agissait de punir. En reconnaissait le numéro familier, Mictain décrocha et se prépara à se faire remonter les bretelles.

— Qu'est-ce qui s'est passé là-haut ? aboya Lucifer, employeur et ami de longue date.

— À toi de me le dire. Elle pouvait me voir, et quand elle a réalisé que j'étais là pour son âme, elle a arrêté ce qu'elle faisait.

Et puis elle m'a demandé de revenir dîner avec elle.

Mictain garda ce dernier détail pour lui.

— Comment ça, elle pouvait te voir ? Personne ne voit venir la Mort. Je n'aime pas ça. Nous ne pouvons pas laisser les gens esquiver leur mort. C'était déjà assez grave quand cette stupide série de films, *Destination finale*, est sortie et que nous avons vu une baisse des accidents. Je ne supporterai pas que les gens nous voient et évitent les accidents.

— Que me suggères-tu de faire alors ? demanda Mictain en se pinçant l'arête du nez.

— Nous devons en savoir plus sur cette fille. Découvre comment elle a fait pour te voir. J'ai besoin que tu te rapproches d'elle et que tu l'encourages à révéler son secret.

Mictain fronça les sourcils devant son téléphone.

— Tu veux que je sorte avec elle ?

— Sors avec elle. Couche avec elle. J'attends que tu fasses le nécessaire pour que ça ne se reproduise plus. Elle est plutôt attirante. Ça ne devrait pas être trop grande corvée pour toi de t'en *occuper*, si tu vois ce que je veux dire.

Mictain ne put s'empêcher de penser à ses courbes pulpeuses et à quel point elle serait encore mieux enroulée autour de son corps nu. Cependant, la réalité s'imposa.

— Qu'est-ce qui te fait penser qu'elle voudra me revoir ? Après tout, j'étais là pour récupérer son âme.

Mictain ne mentionna pas qu'elle l'avait invité à dîner ; avec le recul, il était certain qu'elle plaisantait.

— Tu es beau pour quelqu'un de ton âge. Verse dans le charme. Porte un jean moulant... Fais quelque chose. Tu n'as jamais eu de problème à mettre les femmes dans ton lit.

Exact. Il en avait eu de nombreuses femmes dans son lit à plus d'une occasion. Mais étrangement, il avait le sentiment que coucher avec Marigold serait différent, et il n'aimait pas penser ainsi. Cependant les ordres étaient les ordres. Que ne ferait-il pas pour son travail... Mictain retint un soupir.

— Je ferai ce que je peux.

— Vaut mieux. Tiens-moi au courant.

En un clic, Lucifer était parti et Mictain raccrocha son hellphone.

Il s'adossa alors à sa chaise et tapota son bureau des doigts. Ainsi donc il avait pour consigne de sortir avec une femme qui enflammait ses sens afin de lui soutirer des informations... en la séduisant. La ruse n'était généralement pas quelque chose qui le dérangeait, et il ne pouvait nier que l'idée de coucher la torride sorcière fut attrayante. Cependant, une femme ridiculisée était déjà bien assez mauvaise ; une sorcière ridiculisée qui pouvait voir la mort venir... Que d'ennuis en perspective.

Malgré son mauvais pressentiment, Mictain ne

put s'empêcher de ressentir une anticipation qui allégea ses pas lorsqu'il partit s'acheter quelque chose à se mettre pour son rendez-vous. Ça faisait plusieurs millénaires qu'il n'avait pas eu besoin de charmer une femme. Devait-il apporter des fleurs ? Des chocolats ? Un charme pour détecter le poison dans sa nourriture ? Et le préservatif ? Bien qu'il ne puisse être porteur de maladie – son statut de divinité le protégeait de cela – la grossesse était toujours une possibilité, surtout en couchant avec des humaines.

Mictain se contint. C'était bien beau de tout prévoir ainsi, mais ça ne signifiait pas que Marigold ne le jetterait pas dehors quand il se présenterait demain chez elle pour un dîner qu'il n'avait techniquement jamais accepté.

Peut-être que je devrais porter une coquille au cas où elle deviendrait violente.

Ce qui lui fit réfléchir à comment l'en empêcher. Hmm, Marigold, jambes écartées, attachée aux pieds de son lit, nue et suppliante. Il ferait mieux de prendre le gros paquet de préservatifs. Peut-être deux même.

4

MARIGOLD CHANTAIT ET DANSAIT TOUT EN préparant quelque chose d'époustouflant pour un homme — euh... un être — qui avait mystérieusement disparu au lieu de répondre à son invitation. Elle était peut-être trop optimiste, ou c'était peut-être ses hormones qui espéraient avoir de la chance. Peut-être qu'elle espérait juste avoir intrigué le percepteur de la Mort autant qu'il l'avait captivée. Quelle que soit la raison, elle s'était rendue à l'épicerie et en avait ramené une tonne d'ingrédients. Elle était également allée chez le coiffeur pour tenter d'apprivoiser sa crinière sauvage, s'était fait faire les ongles et, sur l'insistance de sa libido, s'était précipitée pour effectuer une épilation brésilienne ; assez douloureuse pour faire disparaître son excitation durant quelques heures.

Bien sûr, tous ces efforts se solderaient par un

énorme gaspillage s'il ne venait pas. La tentative de son esprit de lui faire entendre raison, ne l'empêcha pas d'opter pour une robe noire moulante qui épousait ses courbes généreuses et plongeait bas dans son dos, rendant le port d'un soutien-gorge impossible. Bien que n'étant pas d'un joyeux bonnet A, ses seins taille C tiendraient bon, surtout si une paire de mains masculines les tenaient. Compte tenu de son absence de lingerie au niveau supérieur, Marigold opta pour une culotte minimaliste. Son string avec le minuscule triangle de dentelle sur le devant ne cachait rien, et elle savait par expérience qu'il rendait les hommes fous. Marigold se demanda si le beau Faucheur réagirait de la même façon qu'un humain. Juste au cas où il déciderait de s'aventurer plus bas, elle se tamponna un peu de parfum à la vanille sur le pubis et sous les lobes de ses oreilles.

Maintenant, elle n'avait plus qu'à espérer qu'il se vienne et...

Un souffle chaud lui chatouilla la nuque, et Marigold se retourna en poussant un cri perçant et en brandissant sa cuillère en bois en guise d'arme.

Encore plus délicieux que dans son souvenir, le serviteur de la Faucheuse se tenait dans sa cuisine, vêtu d'une chemise noire partiellement déboutonnée et d'un jean bleu moulant. Ses lèvres se tordirent en un sourire amusé, et ses yeux se plissèrent lorsqu'il dit :

— Les pieux en bois ne fonctionnent que sur les vampires.

Le pouls de Marigold s'accéléra comme si elle venait de courir un kilomètre, et elle posa la cuillère en espérant ne pas s'être éclaboussée de sauce.

— Je suis tellement heureuse que tu aies pu venir, dit-elle, essayant de paraître nonchalante.

Si seulement son cœur voulait bien ralentir.

— J'ai pensé à ne pas venir.
— Mais ?

Il haussa les épaules.

— Ce n'est pas tous les jours qu'une belle femme m'invite à dîner.

Belle ? Elle défiait n'importe quelle femme de ne pas mouiller sa culotte avec ce genre de compliment. Alors que son sexe se réchauffait, elle le reluqua, toujours stupéfaite qu'il soit revenu.

De près et sans la robe dissimulante, son rencard était plus que sexy : les épaules larges, les bras épais et le torse tendu sous l'étoffe qui recouvrait sa délicieuse peau hâlée. Elle n'osait pas regarder en dessous de sa taille pour vérifier son paquet tant elle avait peur de saliver et de ruiner totalement son air calme et serein.

Oh et puis zut, il pense déjà probablement que je suis cinglée de toute façon.

Elle jeta un coup d'œil plus bas et se mordit la lèvre au renflement qui étirait le tissu.

On devra peut-être sauter le dîner et passer directement au dessert ?

— Veux-tu que je me déshabille pour que tu puisses mieux voir ?

Ses paroles sarcastiques teintées de gaieté, lui firent détourner les yeux et regarder son visage. Les lèvres recourbées aux coins et les yeux pétillant de malice, l'homme devenait de plus en plus séduisant à chaque minute.

Marigold sourit malicieusement.

— J'adorerais que tu te déshabilles, mais tu pourrais trouver mes chaises de cuisine froides sous tes fesses vu qu'elles n'ont pas de coussins. Mais à toi de voir. Ça ne me dérangerait sûrement pas d'admirer tes bonbons pendant que nous mangeons.

En voyant ses joues s'assombrir de rouge, un rire échappa presque à la jeune femme : visiblement l'agent de la Mort n'était pas habitué à ce que les rôles s'inversent. Ce qui lui rappela que…

— Tu as un nom ? Je suis Marigold, au cas où tu ne le saurais pas.

— Je sais tout de toi, *Marigold*.

La façon dont il prononça son nom lui fit frissonner le dos et frémir le sexe. Oh, avoir cette bouche qui parle à son autre paire de lèvres.

— Je m'appelle Mictain.

Marigold fronça les sourcils.

— Quel nom gênant. Je pense que je vais t'appeler Mick.

Entre l'accent et les modulations qu'il plaçait sur les consonnes, elle doutait pouvoir prononcer son nom sans le mutiler.

— Gênant ? dit-il, sidéré. Excuse-moi, mais mon nom est connu et, devrais-je ajouter, adoré. Je suis le dieu aztèque de la mort.

— Tu veux dire que tu étais célèbre. Aux dernières nouvelles, les Aztèques ont disparu. Je suppose que c'est pour ça que tu as commencé à travailler pour la Faucheuse, hein ? Avec tous ces sacrifices décimés. Ha ha, décimés.

Marigold ricana tandis que le visage de Mick traversait diverses émotions : l'incrédulité, l'embarras et enfin la colère.

— Tu es la femme la plus exaspérante que j'aie jamais eu le déplaisir de rencontrer.

— Flatteur. Alors, est-ce que tu comptes te déshabiller avant le dîner ? Parce que si ce n'est pas le cas, pose tes jolies fesses que je puisse te servir les meilleures pâtes que tu aies jamais mangées.

Mick, hélas toujours vêtu et la mâchoire serrée, s'assit et Marigold servit deux grands bols de pâtes : des nouilles rotini recouvertes d'une sauce blanche avec des morceaux de poulet sautés, du poivron vert, de l'oignon rouge et des tomates en dés. Elle posa également une assiette de pain au fromage sur la table ; une baguette française tranchée dans le sens de la longueur et grillée avec du beurre à l'ail puis arrosée de fromage fondu. *Mmmm...*

Mick prit sa fourchette et hésita en regardant la nourriture d'un air dubitatif.

— Tu l'as empoisonnée ?

— Pourquoi ferais-je ça ? demanda-t-elle, prenant une grande bouchée et fermant les yeux de plaisir alors que la saveur frappait ses papilles gustatives. Tu travailles pour la Mort, donc j'imagine que c'est assez difficile de te tuer. Et puis ça gâcherait une excellente nourriture.

Elle prit une bouchée croustillante du pain et gémit de bonheur.

Aucune femme ne devrait avoir l'air aussi décadent.

Mictain regarda Marigold, qui avait fermé les yeux et mâchait en faisant des bruits joyeux. Son sexe se durcit à l'expression ravie de son visage et il se demanda si c'était de ça qu'elle aurait l'air une fois à genoux en train de le sucer. Choqué par la tournure de ses pensées, même si elles étaient plaisantes, il fourra une fourchette de pâtes dans sa bouche et gémit presque de plaisir lui aussi.

Bon sang, elle sait cuisiner.

En tant qu'homme célibataire et dieu, la nourriture n'était pas en haut de sa liste des priorités. Il mangeait souvent au restaurant ou se contentait de repas simples et rapides à la maison, ce qui n'était pas comparable à ce genre de cuisine.

Il renonça à parler pour manger, et se délecta de son plat. Le silence n'était pas guindé, cependant, même plutôt bruyant avec les sons de mastication et les gémissements de bonheur de temps à autre. Leurs yeux entamèrent une conversation de flirt. Elle le regarda avec impertinence, et lui avec audace. Elle fit un clin d'œil, et il lui répondit en faisant de même.

C'était le rendez-vous le plus amusant qu'il ait jamais eu, même si ce n'en était pas vraiment un, et pourtant, pas un mot n'avait été échangé.

Malheureusement, la nourriture finit par diminuer jusqu'à ce qu'il ne reste qu'un fond de sauce qu'il regarda avec envie en souhaitant avoir plus de pain.

Elle avait une solution : elle passa son doigt le long de l'assiette avant de le lécher d'un mouvement sensuel de sa langue, qui le rendit plus dur qu'une pierre.

Il s'éclaircit la gorge et ouvrit la bouche pour dire quelque chose, mais perdit le fil de ses pensées lorsqu'elle lécha ses succulentes lèvres roses.

— Tu as donné ta langue au chat ? le taquina-t-elle.

— C'était délicieux, parvint-il finalement à dire.
— De rien.
— Tu manges comme ça tout le temps ?

— Malheureusement. Ça ne se voit pas ? dit-elle en baissant tristement les yeux sur ses hanches et ses cuisses.

— Tes formes sont parfaites.

Le compliment était sorti sans réfléchir, et elle lui lança un regard surpris avant qu'un sourire heureux recourbe ses lèvres délicieuses.

— Merci. Je suppose que tu ne cuisines pas ?

— Pas en dehors de la chambre.

Flirtant avec une aisance dont il ne se savait pas capable, il se demanda ce qu'il y avait chez elle qui le poussait à agir de manière si inhabituelle.

Marigold se leva et commença à débarrasser la table tout en repoussant ses tentatives pour l'aider.

— Assieds-toi et détends-toi.

Se détendre ? Avec l'érection du siècle ? Heureusement, il put la dissimuler sous la table et cacher ainsi la preuve évidente de son attirance.

Après avoir rapidement rincé la vaisselle, elle revint avec une bouteille de vin et s'installa en face de lui.

— Maintenant que je t'ai nourri, je pense que je mérite un souhait, annonça-t-elle.

Mictain se raidit, et pas entre les jambes cette fois.

— Si tu veux me demander d'intervenir dans ta mort, oublie. Ça ne dépend pas de moi.

— Oh, s'il te plaît. Pour qui est-ce que tu me prends ? Tu faisais simplement ton travail. Si j'avais une requête sur mon décès, j'aurais directement vu avec le grand patron.

— Si tu ne cherches pas une intervention, que veux-tu de moi ?

Dis que tu veux mon corps et je me déshabille immédiatement.

Il ferait aussi don de sa langue, ou de toute autre partie de son corps qu'elle réclamerait.

— Ce que je veux, c'est en savoir plus sur toi. Quel âge as-tu ? Où habites-tu ? As-tu une petite amie ?

Elle posa la dernière question presque timidement, passant son doigt sur le rebord de son verre à vin, sans oser le regarder en face.

Il ne voyait aucune raison de ne pas répondre.

— Je ne suis pas sûr de mon âge exact. En tout cas je peux t'assurer que je suis beaucoup, beaucoup plus âgé que toi, mais n'aie crainte, dit-il en souriant alors qu'elle levait son regard pour croiser le sien. J'ai l'endurance de plusieurs hommes humains de vingt ans.

Malgré ses premiers rougissements lorsqu'il l'avait complimentée, cette fois la renarde se lécha les lèvres et le regarda avec avidité.

— C'est bon à savoir, ronronna-t-elle. Et pour ce qui est de mes autres questions ?

— J'ai un loft en Enfer à la périphérie du premier cercle, et non, je ne sors avec personne en ce moment.

— Excellent.

— Et toi ?

— Je ne t'aurais pas invité à dîner si je voyais quelqu'un. Je suis le genre de fille à un seul homme. Maintenant, es-tu prêt pour le *dessert* ? demanda-t-elle avec un clin d'œil.

Le sexe de Mictain se durcit à la pensée de sa douceur sous la robe, mais au lieu de se déshabiller, elle brandit un plateau contenant un cheesecake nappé de sauce caramel. Mictain gémit.

— Non, ça ira. Pas tout de suite du moins. J'ai besoin d'un peu de temps pour digérer le dîner.

Marigold posa le plateau et lui fit un sourire impertinent.

— Je connais l'exercice parfait après un dîner comme celui-ci.

Elle s'approcha de lui et Mictain, qui avait déjà une érection au-delà de l'imaginable, faillit jouir à la promesse contenue dans ses paroles.

— Viens avec moi, dit-elle en le saisissant par la main et le tirant derrière elle.

Envolée la véritable raison de sa venue. Envolées les raisons pour lesquelles il ne devait pas s'impliquer. La seule chose à laquelle il pensait, c'était à quelle vitesse il pourrait lui remonter sa robe et enfoncer son sexe en elle.

Elle le conduisit dans le salon au lieu de la chambre, ce qui le surprit — mais là encore, elle avait un canapé très confortable — et se dirigea vers une console de jeu. Mictain se laissa tomber dans le canapé et la regarda avec des pensées lubriques.

Je parie qu'elle choisit de la bonne musique, quelque chose avec un rythme sensuel pour se déshabiller devant moi et me dévoiler son corps pulpeux. Je me demande si elle va se toucher... prendre ses seins dans ses paumes et...

Elle se retourna et lui lança quelque chose alors que la télévision s'allumait. Mictain agita la baguette en plastique et la regarda avec incompréhension.

— Qu'est-ce que c'est ? demanda-t-il en la regardant pointer sa propre baguette en plastique vers la télévision.

— Ne me dis pas que tu n'as jamais joué à la Wii ? s'exclama-t-elle. Oh bon sang, tu vas adorer. Il n'y a rien de plus énergisant que jouer au bowling là-dessus, dans le confort de la maison.

Mictain resta sans voix. Si quelqu'un lui avait dit que son rendez-vous avec une sorcière se terminerait par un jeu vidéo, il se serait cassé une côte à force de rire. En l'état actuel des choses, il ne réussit que de brèves réponses pendant qu'elle parlait et lui apprenait à jouer au bowling virtuel. Ne voyait-elle donc pas son érection digne de défoncer une porte, et qui empirait chaque fois qu'elle couinait et sautait de haut en bas ? Ne sentait-elle pas la tension sexuelle dans l'air ? Était-il le seul à lutter contre ses pulsions lubriques ? À un moment, elle fit tomber sa télécommande et se pencha pour la ramasser, lui donnant un aperçu de ses fesses nues recouvertes d'un string qui ressemblait plus à du fil dentaire. Il lui fallut alors tout son contrôle pour ne pas déchirer sa fermeture Éclair et s'enfoncer en elle.

Mais, elle semblait inconsciente du désir qui faisait rage en lui, et même si ça le chagrinait de l'admettre, il s'amusait bien. Marigold était dotée d'un tempérament dynamique et enjoué qui le faisait sourire et l'apprécier pour plus que son corps.

Elle le battit également au bowling Wii.

— J'ai fait un strike, chanta-t-elle.

— Et j'ai une batte, marmonna-t-il.

Des yeux brillants le regardèrent avec malice.

— Donc, tu es plutôt du genre à frapper dans des boules, n'est-ce pas ?

— En fait, je suis plus du genre poker de poche, dit-il, essayant de reprendre le dessus avec une insinuation évidente.

— J'adore les pokers, répondit-elle sans sourciller. Surtout quand il y a des cartes dans le trou, ajouta-t-elle avant de glousser. Ça doit être le pire échange cochon de tous les temps.

Mick sourit en retour. Elle avait raison, c'étaient vraiment des insinuations nulles.

— Je suis meilleur en actes qu'en paroles pour ça.

— Moi aussi, dit-elle en laissant tomber sa manette de jeu et s'avançant vers lui avec une intention lubrique dans les yeux.

Oh oui, voici le dessert.

— Que dirais-tu de pratiquer un autre genre de sport ? lui proposa-t-elle d'une voix rauque.

— Quelque chose de plus tactile ? demanda-t-il avec espoir.

— Mains. Corps. Vêtements en option. Arrête-moi si tu penses que je vais trop vite.

Euh, le prendrait-elle pour un porc s'il lui demandait d'aller plus vite ?

Elle le repoussa sur le canapé pour le chevaucher, ce qui fit remonter sa robe autour de ses cuisses. Même à travers l'étoffe de son jean, la chaleur de son intimité pulsait contre lui. Elle lui agrippa les épaules avant de faire glisser ses mains jusqu'à ses biceps puissants et les serra, en le fixant avec un sourire sensuel. Il n'y avait rien de timide chez Marigold. Elle était entièrement femme et n'avait pas peur de réclamer ce qu'elle désirait. Heureusement pour Mictain, c'était lui qu'elle désirait.

Il posa les mains sur son dos et la pressa en avant, écrasant ses seins contre lui et la rapprochant suffisamment pour l'embrasser. Électrisant était le seul mot pour décrire le contact de cette bouche sur la sienne. Il remua ses lèvres et elle répondit avec une passion qui l'enflamma. Douce et sinueuse, elle se fondait parfaitement dans ses bras, et il la serra tout en la goûtant. Elle soupira et ouvrit la bouche face à sa langue insistante qu'il glissa aussitôt entre ses lèvres entrouvertes. Mais sa bouche n'était pas la seule partie de son corps à être occupée : son sexe tentait de percer un trou à travers son pantalon pour atteindre ce sexe humide qui se frottait contre lui. Ses mains glissèrent le long de son dos pour prendre ses fesses et les pétrir : d'une taille parfaite pour être saisies à pleines mains quand il voudra la faire rebondir plus tard sur sa queue.

Juste au moment où il décida qu'il était temps de lui retirer ses vêtements offensants, le foutu téléphone sonna.

— Ignore-le, marmonna-t-il contre sa bouche.

— Je ne peux pas. Ça pourrait être le travail. Ne t'inquiète pas. Je reviens tout de suite et je me rattraperai.

Elle le quitta avec un regard sensuel, et s'éloigna pour répondre à son téléphone dans l'autre pièce. Mictain poussa un soupir et se renversa dans le canapé. Son sexe était tendu, et étant donné la façon dont les choses se déroulaient, il ne pensait pas être trop présomptueux en se déboutonnant pour ressentir un peu de soulagement.

— Je vois que les choses se passent bien ?

Mictain sursauta et se mordit la langue, réussissant à peine à contenir son beuglement de surprise. Lucifer se tenait derrière le canapé et le regardait.

— Que fais-tu ici ?

— Je vérifie tes progrès. Je vois que l'opération « Lui sauter dessus » se passe bien. Si j'avais su à quel point la sorcière était sexy, j'aurais peut-être accepté la mission en personne.

Mictain retint un grognement, envahi par la jalousie aux paroles de Lucifer.

— Il faut que tu partes avant qu'elle revienne.

Et avant que la vue de Satan dans son salon gâche à la fois l'ambiance et mes chances d'être en veine.

— J'y vais. Je voulais juste te rappeler qu'il n'est pas question de plaisir, mais d'obtenir des informations. Essaie d'y travailler avant que tout le sang de ton cerveau finisse dans ta queue.

Trop tard, songea Mictain.

Cependant, la présence de Lucifer lui rappela que ce n'était pas un rendez-vous de plaisir.

— Je vais découvrir ce que tu veux savoir. Maintenant sors, déclara Mick parfaitement conscient de son ton grincheux.

Lucifer sourit avec ironie avant de disparaître. L'odeur persistante de soufre fit gémir Mick. Comment était-il censé cacher cette carte de visite révélatrice ? Il jeta un coup d'œil dans la pièce et aperçut un porte-encens. Un coup d'allumette plus tard et un parfum écœurant emplit l'air, masquant l'odeur de l'Enfer.

Il venait de se jeter sur le canapé quand Marigold revint avec un sourire sensuel, et Mictain dut faire un effort pour se souvenir qu'il était en mission : pas facile, surtout quand elle tomba à genoux entre ses cuisses, et abaissa ses yeux au niveau de son sexe en expansion rapide.

— Où en étions-nous ? demanda-t-elle en passant un doigt le long de son entrejambe.

— Je ne sais pas grand-chose de toi finalement. Quel âge as-tu ? As-tu de la famille ? Vois-tu quelqu'un ?

Ce que Mictain voulait vraiment savoir, c'était si elle était capable de faire une gorge profonde et si elle était une femme fontaine.

— Je n'ai jamais connu mon père. Ma mère est morte. Je suis une sorcière de vingt-cinq ans qui travaille. Et je t'ai déjà dit que je ne t'aurais pas invité si je voyais quelqu'un. Satisfait ?

Elle posa ses mains sur ses cuisses et repoussa sa chemise de son nez afin de découvrir la peau de son bas-ventre. Quand elle posa sa bouche contre lui, Mictain lutta pour garder sa raison.

Il déglutit.

— Alors, euh, tu as toujours pu voir des choses ?

Marigold, qui avait déplacé sa bouche vers son jean et utilisait ses dents pour baisser sa fermeture Éclair, s'arrêta pour le regarder étrangement.

— Si tu me demandes si je vois des fantômes, la réponse est non.

Elle repartit à l'attaque de son pantalon, et il enfonça ses ongles dans ses paumes pour empêcher ses yeux de rouler en arrière lorsqu'elle posa sa bouche chaude sur la fine couche de coton qui recouvrait son membre.

— Oh putain, euh, alors qu'est-ce que tu peux voir que les autres ne voient pas ? haleta-t-il en perdant rapidement le fil de ses pensées.

— Je vois surtout que tu es nul en discussion de chambre, déclara-t-elle en arrêtant son jeu oral pour le regarder.

— J'essaie juste d'apprendre à mieux te connaître, bégaya-t-il alors qu'elle libérait sa queue et la caressait.

La sorcière le rendait incohérent et lui faisait perdre la raison. Il ne comprenait pas sa réaction disproportionnée à son contact même s'il aimait ça.

— Tiens, familiarise-toi avec ma bouche alors, dit-elle avant de l'inhaler d'un coup.

Mictain se mordit la langue, et la douleur l'empêcha de crier et de se vider directement. Ça faisait bien trop longtemps qu'il n'avait pas apaisé son désir.

Je devrais arrêter de me mentir. C'est Marigold qui provoque cette réaction insensée. Mais je ne comprends ni pourquoi ni comment.

Il baissa les yeux sur la tête qui remuait de haut en bas sur son sexe et oublia rapidement sa question suivante. Le regard fixé sur le plafond, il inspira profondément.

Je suis un dieu. Je peux quand même supporter une pipe.

— Euh… fit-il avant de déglutir alors qu'elle l'avalait tout entier. Oui, alors pourquoi penses-tu que tu… euh… as ce pouvoir spécial de me voir ?

Mictain se détesta d'avoir l'air aussi idiot.

Je suis un dieu merde, mais j'essaie de pomper des informations à une sorcière au lieu de la pomper tout court.

Les bruits de succion mouillés s'arrêtèrent et sa verge glissa hors de sa bouche avec un plop.

— Qu'est-ce que c'est ? Le jeu des vingt questions ? On pourrait presque croire que tu essaies de me soutirer des informations.

Mictain ne put empêcher le rougissement qui réchauffa ses joues.

— Bien sûr que non. J'essaie juste d'apprendre à mieux te connaître, protesta-t-il, conscient de sa réponse boiteuse et de la culpabilité manifeste sur son visage.

Marigold bondit.

— Enfoiré. Tu cherches des infos. Et moi qui pensais que tu étais venu dîner parce que tu ressentais comme moi, une connexion entre nous.

— Oui. Non. Je…

Énervé d'avoir été mis à jour, Mictain essaya de rassembler ses pensées, mais avec la majeure partie de son sang toujours concentré dans son entrejambe, il avait du mal.

— Et dire que je me suis fait une épilation brésilienne pour toi.

— Brésilienne ?

N'était-ce pas quand une femme s'épilait partout en bas ? Il maudit Satan et son incompétence, et se maudit lui-même de ne pas l'avoir sautée avant de lui poser des questions.

— Je peux voir ?

Pitié. Il ferait n'importe quoi pour retrouver l'ambiance gâchée.

— En rêve, crétin. Tu as perdu ta chance de voir et de jouer avec ce sexe tout lisse. Va-t'en et ne reviens jamais.

Les mains sur les hanches, Marigold se dressait devant lui, la vapeur lui sortant littéralement par les oreilles, et Mictain, glouton qu'il était, ne put résister à une dernière remarque avant de repartir pour Hadès :

— Bon sang, comme tu es sexy quand tu te mets en colère.

La manette lancée, manqua de peu sa tête.

5

Marigold criait et tapait du pied tandis que Mick disparaissait, laissant derrière lui une sorcière très énervée et sexuellement frustrée.

— Abruti, marmonna-t-elle en s'effondrant sur son canapé.

De si grands espoirs anéantis par son subterfuge. Elle aurait dû être contente d'avoir vu clair dans son jeu avant d'avoir couché avec lui, mais honnêtement, étant donné son état d'excitation, elle aurait souhaité qu'il attende un peu avant de lui révéler ses intentions. Maintenant, elle devrait se faire plaisir manuellement, et après ses fantasmes sur lui toute la journée, quelle déception.

Et il embrassait tellement bien, se dit-elle en faisant la moue.

Elle était si impatiente que ces lèvres adroites embrassent son sexe humide. Et cette merveilleuse queue énorme ? Ce qu'elle n'aurait pas donné pour que sa longueur épaisse la pénètre, la ravage et l'emporte au nirvana.

Mais ce genre de pensées ne fit rien pour apaiser son excitation, au contraire. Marigold passa une main le long de son corps et retroussa sa robe pour glisser une main entre ses cuisses et caresser son entrejambe humide. Mais ce n'était pas suffisant. Elle repoussa sa culotte et glissa son doigt directement dans son sexe excité.

Trop petit. Elle glissa un deuxième doigt puis un troisième, mais se souvenant de la sensation épaisse de son sexe dans sa bouche — et de sa longueur, oh mon Dieu — elle resta insatisfaite. Elle s'activa de plus belle sur son clitoris avec ses doigts humides, et ferma les yeux en imaginant sa tête sombre entre ses cuisses, sa langue agile lapant ses lèvres humides et effleurant son clitoris. Elle se trémoussa sur le canapé, se masturbant en l'imaginant en train de la lécher. C'était agréable, mais ce n'était pas comparable à la réalité. Au bout d'un moment, elle abandonna et boxa les oreillers de son canapé. C'était nul d'être excitée et incapable de faire quoi que ce soit.

S'il n'était pas déjà mort, je l'aurais tué à nouveau pour m'avoir laissée comme ça. Juste après avoir couché avec lui, bien sûr.

Mictain revint en Enfer plus confus que jamais, et excité au-delà de l'imaginable. La façon dont Marigold l'avait sucé — bon sang, la sorcière avait du talent. Mais, son attirance pour elle dépassait la simple alchimie. Elle l'intriguait également, et l'attirait comme aucune autre femme jusque-là. Et cela en disait long. Il avait eu son lot d'aventures avec des femmes attirantes, des femmes magnifiques avec des silhouettes parfaites et des traits impeccables, pourtant quelque chose chez cette sorcière aux taches de rousseur et aux courbes douces et abondantes l'attirait et détruisait son contrôle. Ça n'avait aucun sens.

Un sort de désir ? Le pouvoir requis pour affecter un être de son envergure était bien plus que ce que son corps humain affriolant était capable de canaliser, mais alors quoi ?

L'amour vrai ?

Mictain éclata de rire. Il avait vécu des milliers d'années, dont la majeure partie seul : impossible qu'il soit tombé amoureux d'une sorcière, humaine qui plus est. Alors, comment expliquer qu'il soit impatient de retrouver sa présence ? Qu'il se demande ce qu'elle faisait, si elle pensait à lui aussi. Si elle touchait...

À la réflexion, il pourrait jeter un coup d'œil. Où était cette application sur son téléphone qui lui permettait de garder un œil sur ses clients ? Le chargement ne prit pas longtemps, et ce qu'il vit le fit s'effondrer sur son canapé.

Les joues rouges et les yeux fermés, Marigold se caressait. Elle avait relevé sa jupe et dénudé son sexe lisse. Il gémit en voyant ses doigts humides toucher ce doux sexe. Il saliva de l'envie de goûter le nectar qui recouvrait ses doigts et faillit retourner chez elle pour lui demander pardon et lui donner ce dont elle avait si manifestement besoin.

Elle a besoin de moi.

Mais il avait raté sa chance. Il referma l'application, se sentant encore plus idiot de l'avoir espionnée.

Ça m'apprendra à écouter Lucifer.

En parlant de lui…

Avec un juron, Mick composa le numéro de son patron et vit aussitôt le seigneur d'Hadès apparaître devant lui, un énorme sourire narquois sur le visage.

— Mictain, mon vieil ami, quel incompétent. Tu as laissé la pauvre fille plus excitée qu'une harde de nymphos.

— Tu regardais ?

Mictain ne se sentit pas gêné. Il trouvait qu'un public pouvait même améliorer cette expérience. Cependant, il avait le sentiment que Marigold ne verrait pas le fait que quelqu'un les espionne en train de danser un tango coquin, sous la même perspective émoustillante. Pas que cela importait. Elle l'avait mis à la porte et ne voulait plus le revoir, ce qui était pour le mieux.

En plus, il y a plein d'autres chattes dans la mer.

— Bien sûr que j'ai regardé. Seigneur du péché, tu te souviens ? dit Lucifer en souriant et haussant les sourcils. Et toi et cette sorcière étiez clairement en train de pécher. Mais vraiment, Mictain, je ne devrais pas avoir à te dire de terminer d'abord ton *affaire* avant de la cuisiner pour avoir des infos.

Satan mima le geste d'agripper des hanches tout en poussant son bassin en avant.

Mictain gémit et s'affala sur son canapé.

— Pourquoi est-ce que je t'écoute ? Eh bien, pour ce qui est de la faire parler, tu peux oublier, maintenant.

Et qu'elle accepte de le revoir aussi, car bien qu'elle l'ait jeté dehors, Mictain voulait plus que jamais la revoir, la toucher et être près d'elle, mais il n'avait aucune idée du pourquoi, ni du comment.

— Il s'avère que je n'ai pas eu besoin de tes talents amateurs de détective. J'ai découvert pourquoi elle peut te voir, répondit Lucifer d'un ton suffisant.

— Et ?

— Elle n'est pas tout à fait humaine.

— Alors qu'est-ce qu'elle est ?

Mictain se ragaillardit à la nouvelle. Peut-être qu'il y avait une explication à son attirance pour elle ?

— Oh non. Je ne te donnerai pas la réponse. Si tu veux tellement le savoir, trouve par toi-même. Et je précise que je l'ai retirée de la liste des décédés pour le moment. Je dois une faveur à son père.

— Qui est son père ? demanda Mictain.

— Tu aimerais savoir, hein ?

— En fait, oui.

— Alors dommage. J'ai promis de ne rien dire, et nous savons tous que je suis un homme de parole.

Mictain s'étouffa.

— Depuis quand ?

— Depuis que son père et moi sommes parvenus à un accord.

Sur ce, Lucifer disparut avec un sourire diabolique dans un nuage de fumée et d'odeur nauséabonde de soufre qui fit tousser Mictain.

Super, maintenant je n'ai plus besoin de la revoir et de lui soutirer des informations.

Pour une quelconque raison, perdre sa raison de la revoir ne lui remonta pas le moral, pas plus que son poing qui s'était attelé à soulager la pression dans son entrejambe sous la douche.

6

— Pigeon !

Lucifer ricana ; un ricanement diabolique bien sûr, comme s'il en existait un autre genre qui soit acceptable. Il aimait tellement réussir à faire preuve de méchanceté subtile. Le sentiment satisfaisant, l'anticipation vertigineuse alors qu'il attendait que son plan se déroule. Le…

Il poussa alors un cri — d'une manière très peu digne de Satan — quand une voix inattendue lui demanda :

— Qui as-tu baisé cette fois ?

Serrant sa poitrine, il lança un regard noir à sa petite amie.

— Merde, femme. Donne-moi une crise cardiaque, pendant que tu y es.

— Il te faudrait un cœur pour cela, fut la réponse sèche.

— Un gâchis d'organe, si tu veux mon avis. Un autre foie pour boire plus d'alcool, voilà qui aurait du sens.

Elle secoua la tête.

— Quel homme. Mais tu n'as pas répondu à ma question. Qui as-tu baisé cette fois ?

— Baiser est un terme si dur.

— Au nom de la Terre, vas-tu répondre à ma fichue question ? Je sais que tu es allé rendre visite à ton ennemi juré.

— Étais-tu en train de m'espionner, femme ?

— Oui, répondit-elle, imperturbable et pas gênée de s'être fait prendre.

— Tu sais que le harcèlement est considéré comme un péché.

— Je sais. À quel point est-ce que ça t'excite ?

— Très, grogna Lucifer.

Il s'avança jusqu'au canapé sur lequel elle s'était allongée, mais elle évita ses mains baladeuses — même la paire supplémentaire qu'il avait appelée à l'existence.

Le tenant à distance avec sa propre magie, elle l'engagea dans une conversation autre que celle du genre sexuel.

— Puisque tu penses être si intelligente, pourquoi ne devines-tu pas ce que j'ai fait ?

Un plan si diabolique que lui seul aurait pu l'inventer.

— Tu as passé un accord avec le père de Marigold, qui se trouve également être le favori du prochain match de golf.

— Donner un prix à cette femme ! cria-t-il. Oh, attends. Tu as déjà le plus gros des prix : moi !

— Pourquoi ai-je l'impression d'être si flouée alors ? demanda Gaïa en secouant tristement la tête.

— Ha. Très drôle. Non. Tu sais que tu m'adores.

— Comme une tique aime le printemps. Alors qu'est-ce que tu as fait promettre à son père ?

— Oh, pas grand-chose.

— Je trouve ça difficile à croire.

— Crois-le, femme. On dirait qu'il est plus soucieux de cacher son enfant illégitime à sa femme que de gagner au prochain match de golf.

— Tu triches encore ? demanda-t-elle en arquant un sourcil.

— Le chantage n'est pas de la triche.

— Et par quel miracle ?

— Parce que je l'ai dit et que je suis le seigneur du péché.

— Alors qu'as-tu fait ?

— Eh bien, tu connais mon plan pour réunir Mictain et Marigold et me faire de super bébés ?

— Oui.

— Après lui avoir fait promettre au moins deux trous de bogey, j'ai en quelque sorte révélé à son père qu'ils sortaient ensemble.

— Tu veux parler de relations sexuelles ?

— Exactement. Apparemment, il l'avait perdue de vue récemment. Ses espions ont en quelque sorte disparu.

— Et tu n'es au courant de rien, bien sûr.

— Qui, moi ? dit-il dans un battement de cil qui la fit renifler. De toute façon, papa n'est pas content et a juré d'y mettre un terme.

— En quoi est-ce bien ? Je pensais que tu voulais que Marigold et Mictain soient ensemble dans le cadre de ton plan de rencontre ultime.

— Et y a-t-il quelque chose de plus fort que la passion interdite ?

— Tu ne veux pas parler d'amour ?

— Tu parles de tomate et je parle de baise.

— Ça n'a aucun sens, dit-elle en plissant adorablement le nez.

— C'est parce que tu es une femme.

— Avec un cerveau.

— Encore un autre organe inutile.

Gaïa soupira.

— Tu sais, ce n'est pas très gentil de jouer avec les émotions des gens. Le pauvre Mictain est censé être ton ami et pourtant tu es là, à le faire tourner en bourrique avec cette pauvre fille.

— Je sais. Merveilleux, n'est-ce pas ?

— Tu es tout à fait incorrigible, dit-elle en lâchant un rire.

— Oui. Oui. Je suis aussi délicieusement pécheur. Tu veux goûter ?

Heureusement pour lui, elle s'exécuta, et quelque part sur terre, un volcan entra en éruption.

7

Même en se réveillant, Marigold resta énervée et excitée. *Abruti.* Quelle idiote elle était en plus. Elle avait pensé innocemment que Mick l'appréciait, alors qu'il voulait simplement savoir pourquoi elle pouvait le voir. Comme si elle-même le savait.

Depuis son plus jeune âge, Marigold savait qu'elle était spéciale. Peu d'enfants pouvaient faire léviter des objets, mettre le feu aux choses ou voir des esprits. Compte tenu de certaines de ses capacités étranges – qu'elle qualifiait de magie, faute d'un terme plus scientifique – elle avait même émis l'hypothèse qu'elle n'était peut-être pas complètement humaine. Mais quel que soit l'A.D.N. qui courait en elle, cela restait un mystère. Sa mère, qu'elle avait beaucoup aimée, était un peu folle. Blonde, rieuse et sans aucune pensée sérieuse, elle avait travaillé sur une ligne de croisière pendant des années avant de la mettre au monde, et n'avait gardé aucun souvenir du père de Marigold à part qu'il était beau. Pas même un nom. Le plus étrange, c'était que malgré son absence de souvenirs, sa mère avait toujours refusé de sortir avec quelqu'un, au cas où son amant mystérieux reviendrait.

Comme si c'était déjà arrivé. Qui que soit son père, il avait disparu dans l'inconnu et n'avait jamais regardé en arrière.

Cela dérangeait Marigold ; après tout, qui ne voulait pas connaître ses origines et ses racines ? Mais au fil des ans, elle avait adopté une attitude dédaigneuse vis-à-vis de cet homme : s'il ne se souciait même pas assez d'elle pour la contacter, alors il ne valait pas la peine qu'elle s'attarde sur lui.

Les questions de Mick, cependant, avaient ravivé une curiosité enfouie depuis longtemps.

Qui était mon père ? Ou plutôt : qu'était mon père ?

Ça l'interrogeait également sur les super pouvoirs qu'elle aurait pu hériter — à part ceux qu'elle connaissait déjà et sa capacité récente à repérer la mort.

Ce qui, à la réflexion, pourrait être un pouvoir totalement cool. Je pourrais me louer à des gens riches et les protéger de la mort.

Bien sûr, il faudrait d'abord convaincre les gens qu'elle avait le pouvoir de le faire.

Mais, au moins, je pourrais revoir Mick.

Marigold gémit de frustration. Dans ce cas sa libido excitée reviendrait vers lui. Ce type était une ordure et un profiteur, mais un beau petit cul qu'elle mourait d'envie de sauter.

C'est ça. Il n'y a qu'un seul remède pour ce qui me travaille : un autre homme. Un amant de rebond, pour ainsi dire.

— Ce soir après le travail, je sortirai et je me trouverai un homme sympa et sans attaches.

Elle parlait à voix haute, ce qui était stupide puisqu'il n'y avait personne pour l'entendre.

Cependant malgré sa détermination, elle passa toute la journée à penser à Mick — nu.

Au réveil le lendemain, après avoir passé la nuit à rêver d'une sorcière aux taches de rousseur, Mictain ne savait plus quoi faire de lui-même. Le temps de résoudre le mystère de Marigold, Lucifer avait suspendu sa fonction habituelle de récupération des âmes. Mais maintenant que c'était chose faite, il ne l'avait pas réintégré dans la liste de ses travailleurs. Un oubli que Mictain n'avait pas l'intention de corriger.

Cependant, le temps supplémentaire dont il disposait ne l'aida pas à se décider sur ce qu'il devait faire. Après la façon amère dont leur soirée s'était terminée, ça pourrait être gênant de se présenter comme si de rien n'était.

Peut-être que si j'apportais du chocolat ou des fleurs, elle me pardonnerait ?

Ou lui claquerait la porte au nez.

Il pourrait aussi prendre d'assaut son appartement, la prendre dans ses bras, l'embrasser à en avoir le souffle coupé et la séduire. À la réflexion, même si ça lui conviendrait parfaitement, elle pourrait ne pas apprécier d'être molestée, surtout si elle était toujours en colère.

Il avait besoin de conseils : des conseils de séduction. Mais pas ceux de Lucifer, le plus grand séducteur du monde — et l'ex-petit ami le plus honni de l'univers féminin — mais de quelqu'un avec un peu plus de respect pour les femmes. Un homme que ses précédentes maîtresses saluaient toujours avec un grand sourire et un regard aguicheur.

Étant donné l'heure de la journée, il doutait de trouver Felipe au bar où il travaillait en tant que videur. Lorsque les appels sur son téléphone portable et son appartement restèrent sans réponse, Mictain se dirigea vers le gymnase que son ami aimait fréquenter. Effectivement, Felipe s'entraînait, du moins c'est ce qu'il supposa devant la ribambelle de femmes agglutinées qui gloussaient. Torse nu et les muscles bandés, le mâle qui pouvait se métamorphoser en un chat de l'Enfer de trois tonnes, ne semblait pas conscient de l'attention suscitée.

— Tu as une minute ? demanda Mictain à son ami quand il arrêta l'entraînement à la barre pour s'éponger le front.

— Bien sûr. Pourquoi ne pas aller au sauna pour hommes ?

Un soupir audible de déception parcourut les femmes rassemblées, et Mictain se retint de renifler. *Comment fait-il ?* Ce type doit avoir une queue spéciale ou une technique incroyable pour inspirer de telles réactions.

Ils se déshabillèrent dans les vestiaires et enroulèrent pudiquement une serviette autour de leurs tailles. Le sauna laissa échapper une bouffée de vapeur lorsqu'ils entrèrent et de la sueur se forma immédiatement sur son corps. Mictain se laissa tomber sur le banc en bois avec un gros soupir.

— Mec, tu as l'air sérieusement déprimé. Le patron qui te dirige subit à nouveau des fléaux ?

— Non. Pire. Il veut que je séduise une femme.

Felipe s'étouffa de rire.

— Excuse-moi. J'ai dû mal entendre.

— J'en doute. Aussi fou que ça puisse paraître, je dois me rapprocher d'une sorcière mortelle et découvrir comment elle a fait pour me voir alors que je portais ma cape de faucheuse.

— Alors, demande-lui.

— C'est fait et elle ne sait pas. Le patron pense

qu'elle ment, alors il s'est dit que si je la séduisais, je pourrais l'amener à s'ouvrir et à me le révéler.

— Et tu es venu me demander conseil ? Mec, ne me dis pas que ça fait si longtemps que tu as oublié comment faire ? dit Felipe en s'esclaffant et se giflant la cuisse.

— Je n'ai pas oublié, déclara Mictain en fronçant les sourcils. Je m'en sortais parfaitement bien jusqu'à ce que Lucifer se pointe.

Felipe hurla encore plus fort.

— Tu avais un public. C'est de mieux en mieux.

— Pas vraiment. Je suis passé d'une pipe à me faire virer parce qu'elle a compris que je la séduisais pour obtenir des informations.

— C'est pas de chance.

— Sans blague. Voici donc mon dilemme : je veux toujours obtenir cette information, mais elle m'en veut.

— Pas de soucis, mon ami. Je vais séduire la sorcière et obtenir la réponse que tu cherches.

— Pas question ! cria-t-il.

Felipe haussa un sourcil et Mictain tenta de refouler sa soudaine colère. Il ne comprenait pas d'où ça venait. L'offre était parfaitement raisonnable, même généreuse étant donné que Felipe n'avait jamais rencontré Marigold. Pourtant, ça ne lui convenait pas du tout. L'idée que Felipe l'embrasse et la touche… Mictain serra le poing de peur de s'emporter. La mâchoire serrée, il répondit :

— C'est ma mission et ma connerie. Je vais m'en occuper. Ce dont j'ai besoin, c'est de conseils pour me faire pardonner.

— T'excuser ?

— Avec des bijoux, du chocolat ou des fleurs ? Ou les trois ?

— Pourquoi ne pas essayer les mots ?

— Genre, lui dire que je suis désolé ? Certainement pas, dit Mictain en secouant la tête. Ça me semble trop simple. Ça ne me marchera pas.

— Hé, tu me poses la question, répondit Felipe en écartant les mains. Je te dis juste ce que je ferais à ta place.

— Est-ce que ça marche pour toi ?

— Je ne sais pas. Je n'énerve généralement pas mes maîtresses quand elles me font une gâterie.

Le rappel démoralisa Mictain.

— Un autre conseil ?

— Si tu aimes bien cette fille, suis ton instinct. Oublie ce que Lucifer veut et fais-toi confiance.

— Je n'ai jamais dit que je l'aimais bien.

— Pas besoin, répondit Felipe en lui adressant un sourire ironique. Tes actes parlent d'eux-mêmes.

Ah bon ? Dans ce cas il aurait aimé qu'ils lui parlent plus clairement, parce qu'il ne savait que penser des émotions qu'une mortelle fragile lui inspirait. Non, ce n'était pas tout à fait vrai : le désir qu'elle engendrait, ça, il pouvait facilement le résoudre — entre ses cuisses ou ses lèvres. C'était le reste, la possessivité et l'envie de la revoir, qui n'avaient aucun sens. Il l'aimait donc bien ? Mais ça semblait trop simpliste comme explication.

Super. Maintenant, j'ai un deuxième mystère à résoudre.

Et un deuxième rendez-vous surprise à préparer.

8

— Qu'est-ce que tu veux ? demanda Marigold avec brusquerie.

Elle tentait de masquer son choc — et son plaisir aussi — de revoir Mick. Bien sûr, elle se serait sentie plus à l'aise si elle ne sortait pas de la douche, vêtue uniquement d'une serviette. Une tenue qu'il semblait apprécier à en juger par le renflement de son entrejambe.

Il lui sourit, pas du tout contrarié par son accueil pas si chaleureux.

— Tu n'es pas contente de me voir ?

En fait, si, mais ça l'agaçait d'autant plus.

— Heuuu, laisse-moi réfléchir. Heureuse de revoir un homme qui a fait semblant de s'intéresser à moi dans le but d'obtenir une pipe et des informations ? Disparais !

Marigold le contourna pour se rendre dans sa

chambre, mais comme la plupart des parasites, il ne voulait pas partir.

— Écoute, je suis désolé pour ça. J'étais sous les ordres du grand chef en personne.

— Oui, eh bien, tant mieux pour toi. Maintenant, si ça ne te dérange pas, je dois m'habiller.

Marigold le dévisagea hardiment, et comme il ne bougeait pas, elle laissa tomber la serviette. Souriant à la vue de sa mâchoire tombante, elle se retourna pour fouiller dans son placard à la recherche de quelque chose à porter.

— Tu n'es vraiment pas comme les autres femmes, n'est-ce pas ? dit-il avec un soupçon d'émerveillement.

Elle décida de l'ignorer, même si elle considérait ses paroles comme un compliment car elle était fière d'être unique. Elle enfila son tout petit string avec des mouvements plus sensuels que d'habitude. Qu'il la regarde s'habiller avait un effet perturbant sur sa libido — en d'autres termes, elle était mouillée et pas à cause de la douche. Agacée d'éprouver encore du désir pour lui, alors même qu'elle savait le genre de pourriture qu'il était, elle décida de le rendre dingue en lui faisant face pendant qu'elle sautait, tirait, s'étirait et se trémoussait dans un pantalon en cuir moulant. L'expression qu'il affichait était sans prix, même si ses yeux brûlants lui donnèrent envie de baisser son pantalon et de crier : « Prends-moi ! ».

Ses mamelons durcirent à ses pensées lubriques

et il se lécha les lèvres, les yeux rivés dessus. Les *hommes !* Elle abandonna l'idée d'un soutien-gorge et opta pour un haut presque transparent du genre bikini qui se nouait autour du cou et sur le torse, laissant son dos et son ventre dénudés. L'étoffe mettait clairement en valeur ses seins dressés.

— Hum, où vas-tu habillée comme ça ? demanda-t-il, les sourcils froncés.

— Dehors, dit-elle en se penchant sur sa commode pour se regarder dans le miroir pendant qu'elle se maquillait.

— Non, pas question, répliqua-t-il d'un ton sévère. Pas habillée, ou devrais-je dire déshabillée, comme ça.

Le rouge à lèvres devant sa bouche se figea, et Marigold renifla en regardant son reflet.

— Tu ne peux pas me donner d'ordres.

Mais bon sang, tu es tellement attirant quand tu es jaloux et possessif.

— Ce n'est pas un ordre. Plutôt une demande.

— Et la réponse est toujours non.

— Est-ce parce que je n'ai pas apporté de fleurs ou de chocolat ?

— Tu ne peux pas acheter le pardon, répliqua-t-elle avec dédain.

— J'ai entendu que des hommes le font avec des diamants.

— Je ne porte pas de bijoux.

— Tu ne vas vraiment pas me faciliter la tâche.

— Pourquoi le devrais-je ? Ce n'est pas moi qui ai fait semblant d'apprécier quelqu'un juste pour pouvoir obtenir des informations.

— Est-ce que ça aiderait si j'admettais que je ne faisais pas semblant ?

Oui.

Son cœur s'emballa, mais elle tint bon.

— Non. Maintenant si ça ne te dérange pas, pars s'il te plaît. J'ai l'intention de sortir.

Il lui barra le passage.

— Écoute, je suis venu pour faire la paix. On ne pourrait pas rester à l'intérieur et... *parler* ?

Pendant un instant, elle s'autorisa à imaginer cette bouche en train d'avoir une conversation intime avec ses lèvres inférieures. Son sexe se mit à trembler, mais elle se secoua mentalement.

Doucement, les fantasmes. Nous aurons bientôt de l'action.

À son regard impatient, Marigold laissa échapper un rire à gorge déployée.

— Parler ? Oh s'il te plaît, je ne suis pas née d'hier. Tu peux oublier une seconde performance orale de ma part. Je sors, que tu le veuilles ou non, et si j'ai de la chance, ça sera moi qui profiterai d'un coup de langue, déclara-t-elle avec un clin d'œil.

Passant devant lui, elle sortit une paire de talons du placard de l'entrée, et quitta l'appartement alors qu'il la suivait : une grande présence masculine sombre qui la fit presque reconsidérer la question.

On pourrait rester à la maison, et je pourrais le laisser me prouver à quel point il est désolé. Je parie qu'il aura fière allure à genoux pour me donner du plaisir. Et sur moi… à me baiser avec force. Et…

Marigold fronça les sourcils.

Non, je ne retomberai plus dans son piège séduisant.

Il l'avait trompée une fois en lui faisant croire qu'il l'appréciait, et elle ne se ferait pas avoir une seconde fois.

Ses talons hauts claquaient sur le trottoir tandis qu'elle se dirigeait vers le club, situé à quelques pâtés de maisons, qu'elle fréquentait de temps en temps quand elle avait besoin de se défouler.

— Alors, où allons-nous ? demanda-t-il en lui adressant un grand sourire.

Elle se renfrogna.

— Va-t'en.

— Non.

Elle essaya de l'ignorer, mais son entrejambe ne voulait rien entendre, et une pulsation débuta sous sa taille. Avec son pantalon moulant, elle ne pouvait pas sentir l'humidité, mais elle aurait parié que c'était bien là, endiguée dans son sexe et attendant qu'une bouche impatiente lui saute dessus.

Elle accéléra le pas, et le crétin, comme s'il avait compris, lâcha un profond rire baryton qui la fit frissonner. Croyant à tort que c'était son absence de manteau qui la faisait trembler, il passa un bras autour d'elle pour l'attirer contre son corps. Il était sexy, et pas seulement dans le sens beau. Tout son corps puissant irradiait de chaleur, l'empêchant de s'écarter. C'était trop agréable.

Ils atteignirent les lumières et le bruit du club bien trop tôt. Elle se glissa hors du cocon chaud de ses bras et l'air frais lui donna envie de replonger en lui. La tête haute et les hanches tremblantes, elle s'avança jusqu'au portier qui tenait la file d'attente. Le gorille en tee-shirt et jean sourit, en la voyant.

— Salut, Mari. Est-ce que tu m'as apporté les trucs ?

Marigold lui retourna son sourire et lui tendit un paquet. Ils avaient conclu un arrangement il y a quelque temps. Elle lui fournissait un tonique qui gardait son crâne chauve et brillant, et il la laissait entrer quand elle voulait, quelle que soit la longueur de la file d'attente.

Avant de franchir les portes, elle se retourna et envoya un baiser à Mick, coincé avec les autres aspirants clubbers. Frank ne le laisserait jamais passer. Pour une raison quelconque, sa bonne humeur s'effondra, mais elle se reprit sévèrement en se disant que c'était une bonne chose de s'être débarrassée de lui.

Oublie-le. Il y a plein d'hommes qui recherchent la même chose que moi : du bon temps.

Lui tournant le dos, elle décida résolument de s'amuser — et d'oublier son existence.

Marigold se laissa transporter par le bruit et la

chaleur de centaines de corps se déhanchant au son de la musique. Ne pouvant résister au rythme dur et prenant, elle se fraya un chemin sur la piste de danse, déjà bondée de gens qui se trémoussaient, et en un rien de temps, un corps masculin frôla ses fesses, provoquant des picotements dans tout son corps.

Merde, je dois être vraiment désespérée pour être excitée par le simple contact d'un étranger que je ne vois pas.

Elle continua de danser, remuant ses fesses vers son partenaire invisible dont les brefs contacts faisaient bouillir son sang. Elle le regarderait à la fin de la musique et verrait s'il répondait à ses exigences : en d'autres termes, pas moche à se mettre un sac sur la tête. Elle se fichait qu'il soit intéressant, intelligent ou riche. Elle voulait juste s'envoyer en l'air, et à en juger par les picotements ressentis, elle avait trouvé son homme.

La chanson s'arrêta, mais avant qu'elle puisse se tourner vers son partenaire, un bras musclé s'enroula autour de sa taille et une voix familière murmura :

— Ça aurait été beaucoup plus amusant nus.

Quoi ?

Marigold se libéra de l'étreinte de Mick et se retourna pour lui lancer un regard noir.

— Veux-tu t'en aller ? Les gars penseront que je suis prise si tu restes avec moi.

— Exactement, dit-il sans vergogne.

Avec un soupir exaspéré, Marigold le poussa pour se rendre au bar. Elle avait besoin d'un verre : un grand verre tout de suite. Le barman, qui la connaissait aussi, lui tendit une piña colada mousseuse surmontée d'un parapluie et d'une cerise. Marigold prit la boisson avec un remerciement puis se retourna et s'appuya contre le zinc pendant qu'elle sirotait une gorgée… et faillit s'étouffer.

Mick ne l'avait pas suivie jusqu'au bar. Oh non, le séduisant salaud qui avait mis son sang à feu, dansait avec non pas une, non pas deux, mais trois bimbos ! Marigold fulminait, même si elle se rendait compte que sa jalousie était déraisonnable.

Et moi qui croyais qu'il me voulait. Cet abruti a l'air si heureux entouré de ces garces. Parfait, au moins il ne me dérangera plus.

Marigold se força à détourner le regard, mais ne put s'empêcher d'être envahie par une colère et une jalousie inexplicables. Déterminée à lui prouver — ainsi qu'à elle-même — qu'elle s'en fichait, elle attrapa l'homme le plus proche et l'entraîna sur la piste. Se détournant intentionnellement de Mick, elle dansa de manière obscène avec son nouveau partenaire, qui souriait à son coup de chance.

Marigold fit une rapide inspection : début de la vingtaine, bonnes dents, corpulence décente. Dans l'ensemble quelqu'un d'acceptable. Malheureusement, il n'était pas Mick. Tant pis, elle ferait avec. Elle se frotta sur l'inconnu blond puis se retourna pour le faire danser en position de cuillère. Ça lui donna une vue directe sur Mick, qui s'était immobilisé et la fixait de l'autre côté de la piste de danse. Heureuse d'avoir attiré son attention, elle sourit et pressa davantage ses fesses contre son partenaire de danse.

Lorsque Mick commença à pousser les gens pour venir droit vers elle, le visage changé en un nuage orageux sombre, elle se demanda si elle devait l'attendre, mais décida que non. Elle saisit la main de sa conquête et le traîna jusqu'à la sortie.

— Hé chérie, où est-ce qu'on va ?
— Allons prendre l'air.
— Ça me va.

Le ton du type ne laissait aucun doute sur ce qu'il pensait des intentions de Marigold, cependant la jeune femme n'avait aucune intention de coucher avec lui. Plus maintenant, car quelque chose en lui la repoussait, et elle faisait toujours confiance à son instinct. Bon sang, dans des circonstances normales, elle ne lui aurait même jamais fait croire qu'elle était intéressée. Mais elle avait voulu contrarier Mick. Un bon plan jusqu'à ce qu'elle sorte du club avec le Ken blond, et qu'il se transforme soudain en Monsieur Mains Baladeuses. Elle lui gifla les mains et esquiva un baiser bâclé.

— Qu'est-ce qui ne va pas ? demanda-t-il avec colère.

— J'ai changé d'avis, rétorqua-t-elle en s'éloignant.

Mais Monsieur Mains Baladeuses qui ne comprenait visiblement pas la signification du non, serra ses doigts épais autour du bras de Marigold pour l'empêcher de partir. La jeune femme piocha dans son sac à main et lui jeta de la poudre magique aux yeux ; sa version du spray au poivre.

Malheureusement, il ne réagit pas comme un homme normal. Ce qui avait sûrement un rapport avec le fait qu'il n'était pas humain !

Et merde !

Sa poupée Ken blonde perdit son apparence humaine, un peu comme l'extraterrestre dans *Men in Black*. Il se détacha de sa peau humaine pour révéler une créature hideuse toujours vêtue d'un jean et d'un tee-shirt stratégiquement déchiré pour permettre à ses épines de passer à travers. Avec des cornes dépassant de son front et la lueur rouge de ses yeux, il ne fallait pas être un génie pour comprendre qu'elle venait de rencontrer son tout premier démon.

Marigold perdit quelques précieuses secondes sous le choc. Après tout, ce n'était pas tous les jours qu'elle rencontrait un habitant de l'Enfer. Quand elle ordonna enfin à ses pieds de courir, le démon l'avait déjà attrapée et la reluquait… ou grimaçait. Difficile à dire avec toutes ses dents pointues et la bave dégoulinante.

Beurk, pas étonnant qu'il se cache derrière un masque.

— Donne-moi un baiser, chérie, siffla-t-il en tirant une langue fourchue.

— Dans tes rêves, dit-elle, incapable de masquer son dégoût.

— Salope d'allumeuse, rugit-il avant de la lancer dans les airs.

Marigold eut le temps, durant un court instant, de profiter de son premier vol plané avant de s'écraser durement contre un mur et s'effondrer. Des taches dansèrent devant ses yeux.

Étourdie, elle ne put que s'asseoir et regarder deux paires de jambes floues s'approcher et s'arrêter devant elle. Pendant un instant, elle se demanda si le démon s'était cloné. Elle cligna des yeux et sa vision double s'éclaircit. C'était mieux : une seule paire de jambes. Ses oreilles bourdonnaient, mais même à travers ce son agaçant et la nausée qui lui retournait l'estomac, elle n'eut aucun mal à reconnaître le bruit d'une fermeture Éclair qui s'abaissait.

Ça ne présage rien de bon.

9

Mictain n'arriva pas à temps pour empêcher le vol impromptu de Marigold et sa rencontre intime avec le mur, mais il était derrière le démon quand celui-ci abaissa sa fermeture Éclair.

— Jamais de la vie, grogna-t-il. Éloigne-toi d'elle.

L'affreux démon des fosses se retourna et le fixa de ses yeux rouges.

— Ça ne te concerne pas, siffla-t-il.

— Faux. Cette fille est à moi, dit-il en prenant un grand plaisir à prononcer ces paroles possessives.

— Stupide humain. Je vais aimer te tuer.

Le démon sourit, dévoilant des dents pointues et de la bave visqueuse.

Il voulait probablement paraître effrayant, mais Mictain éclata de rire. Il fréquentait bien pire chez lui.

— Qui a dit que j'étais humain ?

Mictain s'appliqua à montrer à la bête son erreur. En tant que dieu aztèque, Mictain était loin d'être normal. Il était plus fort, plus rapide et, à la base un guerrier-né, et bien sûr, un dieu. Un démon des castes inférieures n'était même pas proche de pouvoir le combattre. Après quelques coups bien ciblés, Mictain neutralisa la créature qui avait cru blesser sa femme, et le renvoya en Enfer pour être puni. Lucifer voyait d'un mauvais œil les démons qui s'en prenaient aux mortels pour s'amuser. Il aimait expliquer aux transgresseurs – généralement à l'aide d'objets pointus – que la torture de l'humanité était son travail.

Une fois le danger écarté, il reporta son attention sur Marigold, toujours ignoblement étalée sur le trottoir et les cils papillonnant. Il la souleva avec précaution puis quitta la ruelle et se dirigea vers son appartement.

— Tu es avec moi, sorcière ?

Il soupçonnait une commotion cérébrale et voulait la garder éveillée si possible.

— C'était chauuuud, marmonna-t-elle contre son torse.

— Oui je sais. Stupide sorcière. À quoi pensais-tu ?

Mais elle ne répondit pas. Ses yeux se refermèrent et sa tête se pencha contre lui. Il brûlait de colère de la voir ainsi blessée, et il aurait voulu ramener le démon pour lui redonner une leçon.

Comment a-t-il osé toucher ma femme ?

Il appela sa cape de faucheuse pour les y envelopper et les rendre invisibles. Du moins il l'espérait. Pour autant qu'il sache, la présence de Marigold annulerait sa magie, mais ça lui était égal ; la santé de la jeune femme était plus importante que quelques regards intrigués d'humains. Il accéléra le pas et courut en la tenant dans ses bras, parcourant rapidement les quelques mètres restants jusqu'à son appartement. Après avoir monté les escaliers, il se précipita devant sa porte.

Cependant, il se heurta à un dilemme ; son appartement était fermé à clé. Il lui vint à l'esprit qu'il pourrait facilement défoncer la porte, mais non seulement cela alerterait ses voisins, mais ça risquerait de ne pas plaire à Marigold.

Et depuis quand je me soucie de ce que pense une femme ?

Là encore, comme son sexe le lui rappela, une femme heureuse se déshabillait plus facilement.

Plaçant Marigold en équilibre sur un genou, il fouilla dans sa petite pochette toujours attachée à une boucle de son pantalon, et en sortit une clé. Il ouvrit alors la porte et se redressa pour entrer avec elle, avant de la refermer d'un coup de pied derrière lui. Emportant la jeune femme, toujours inconsciente, dans sa chambre, il se dit qu'il aurait aimé que sa première visite dans cette pièce soit en d'autres circonstances — déshabillés et en sueur.

Mictain pénétra dans le cauchemar rose pour la deuxième fois cette nuit-là et lutta pour ne pas s'enfuir. Ça ne s'était pas amélioré en son absence. Pour une sorcière dotée d'un sens de l'humour impertinent, sa chambre était terriblement girly. Tout était dans les tons roses, depuis les murs rose clair à la couette plus foncée, le seul contraste étant les meubles en blanc. Priant pour que ça n'affecte pas sa masculinité, il la posa doucement sur son lit, puis se gratta les bourses afin de lutter contre la féminité écœurante qui l'entourait.

Une fois sa virilité réaffirmée, il s'agenouilla près d'elle et vérifia son pouls. Le battement sous ses doigts le rassura quelque peu. Il lui palpa ensuite la tête jusqu'à trouver une bosse de la taille d'un œuf d'oie sur son cuir chevelu. Elle aura clairement mal à la tête à son réveil. Il alla dans sa cuisine et revint avec un sac de petits pois surgelés, s'assit sur le lit et la souleva pour la placer sur ses genoux avant de presser la compresse froide de légumes contre sa blessure.

Elle ne réagit pas et resta immobile, ce qui l'inquiéta.

— Elle ne va pas mourir, déclara Satan quelques secondes avant que l'odeur de soufre n'atteigne le nez de Mictain.

— Que fais-tu ici ?

— J'ai reçu ton cadeau, merci beaucoup. Stupide démon. Je l'ai donné à son père pour qu'il joue un peu avec. Il y a en ce moment une maison dont on ne peut approcher que muni de bouchons d'oreille, avec tous les hurlements provenant du donjon, expliqua Lucifer avant de ricaner. Mais comment se fait-il que tu sois avec la sorcière ? Tu n'as pas reçu mon message disant que je n'avais plus besoin de ces informations ?

— Si.

— Et ?

— J'ai décidé de marquer des points en désobéissant à un ordre direct.

Durant un instant, Lucifer sembla se figer. Puis de la vapeur s'échappa de son nez.

— La défiance n'est acceptable que chez les serviteurs des autres. J'attends une obéissance totale des miens.

— Oups. Désolé. Maintenant, si ça ne te dérange pas, j'ai une sorcière à soigner.

— Non. Comme je l'ai dit, elle ne mourra pas.

— Alors ça ne fera pas de mal que je reste m'occuper d'elle.

— Oh si, au contraire. Je ne suis pas venu juste pour ça. En fait, je suis ici au nom de son père. Il veut savoir quelles sont tes putains d'intentions envers sa fille.

Ses intentions ? S'il le savait lui-même. Il n'avait pas pensé à grand-chose à part punir le démon offensant, puis prendre soin d'elle et la guérir afin de pouvoir sans culpabilité lui retirer ses vêtements et réclamer son corps. Mais ce n'était probablement pas la réponse à donner.

— Dis à son père de me poser la question en personne. Ou mieux encore, dis-moi qui il est et je lui dirai moi-même.

Lucifer sourit.

— Bien essayé. Mais je ne vais pas te le dire aussi facilement. Sinon, tu ne m'as pas répondu : pourquoi es-tu revenu ici malgré mes consignes ? Je t'ai dit que je n'avais plus besoin d'informations, et elle n'est plus sur la liste des âmes à récupérer.

— Ça t'est déjà venu à l'esprit que ce que je fais ne te regarde pas ?

— Non.

Malgré ses mauvaises manières, Lucifer avait un étrange sens de l'honnêteté. Mictain retint un sourire.

— Elle m'intrigue. Et tu es bien placé pour savoir à quel point c'est rare.

— Rare, oui, mais garde à l'esprit que si tu vas plus loin et décides ensuite de lui briser le cœur, je n'empêcherai pas son père de s'occuper de toi. Un père a le droit de protéger sa petite fille.

— Oh, par pitié, déclara Mictain en levant les yeux au ciel. Elle ne sait même pas qui il est, donc je doute fortement qu'il soit aussi intéressé que tu le dis. Sans oublier que Marigold est une femme adulte. Je suis sûr que je ne serai pas son premier amant.

— Tu pourrais être son dernier, cependant, marmonna Satan énigmatiquement. Eh bien, c'était agréable de discuter avec toi, mais je dois y aller. J'ai entendu dire que nous recevions un tas de combattants talibans et je n'imagine même pas leur surprise en me voyant !

Avec un pouf, Lucifer retourna en souriant en Enfer et à son travail de punition.

— Est-ce que le diable vient de sortir de ma chambre ? demanda Marigold d'une voix groggy.

Il baissa les yeux et la vit qui le fixait d'un regard trouble.

— Salut beauté, dit-il en lui souriant. C'est bon de savoir que tu as une grosse tête pour aller de pair avec ton…

— Ne pense même pas à le dire, grogna-t-elle en recouvrant rapidement ses esprits.

Elle se leva de ses genoux, mais aussitôt gémit et saisit sa tête entre ses mains avant de s'effondrer dans ses bras — là où était sa place.

— Je resterais immobile si j'étais toi. Tu as une grosse bosse sur la tête. Ta mère ne t'a donc jamais appris à ne pas jouer avec les démons ?

— Elle a dû sauter ce chapitre en me lisant : « *Dealing with demons* ».

Ravi qu'elle aille mieux, Mictain s'esclaffa.

— Quelle blague boiteuse. Tu dois te sentir mieux.

— Ça sera le cas si tu m'apportes de l'aspirine. Meuble de salle de bain, deuxième étagère.

Mictain se leva et alla chercher le médicament en question ainsi qu'un verre d'eau. Elle mit les pilules dans sa bouche et les fit descendre accompagnées d'eau avec reconnaissance.

— Merci. Tu peux y aller maintenant, dit-elle en fermant les yeux.

Ignorant son ordre, Mictain grimpa sur le lit. Elle ouvrit les yeux et le foudroya du regard. Cependant, quand il la souleva pour l'installer sur ses genoux, elle ne résista pas.

— Pourquoi ne pars-tu pas ?

— Tu as une commotion cérébrale. Tu ne peux pas rester seule.

D'ailleurs, il n'éprouvait aucun désir de partir. À moins qu'elle ne vienne avec lui. Cette attirance n'avait aucun sens, et son besoin de rester avec elle le déconcertait. Mais, il ne pouvait se résoudre à la quitter.

— Alors j'appellerai un ami.

— Pas besoin.

Qu'elle essaie un peu d'appeler quelqu'un d'autre.

— Je ne te comprends pas. Qu'est-ce que tu veux de moi ? demanda-t-elle en levant les yeux vers lui, les sourcils froncés par la perplexité.

Une bonne question à laquelle il n'avait pas encore de réponse, mais il tenta sa chance.

— Un baiser ?

— Sérieusement ? C'est tout ce que tu veux ?

Son ton incrédule le fit sourire.

— Es-tu en train de dire que j'aurais dû viser plus haut ?

— Non. Alors, juste un baiser et tu partiras ?

Ce n'était quand même pas de la déception dans son ton ?

Un baiser pour l'instant, songea-t-il. *Mais quand tu iras mieux, trésor, je caresserai chaque centimètre de ton corps et plus encore.*

La tête de Marigold pulsait, mais pas autant que son intimité.

Un baiser et il partira. Je ferais mieux de lui en donner un qui soit mémorable.

Mick la fit alors glisser de ses genoux. Elle se demanda s'il avait changé d'avis et décidé de partir. Mais non. Il la recouvrit de son grand corps dressé au-dessus du sien, et prit appui sur ses bras pour ne pas l'écraser. Marigold inspira profondément. N'ayant nulle part où regarder qu'en haut, elle se trouva attirée par son regard. Sous ses yeux brûlants elle commença à s'agiter, et son excitation dépassa rapidement son inconfort, lui laissant un autre genre de douleur. Une douleur que lui seul pouvait guérir.

Il baissa lentement la tête jusqu'à se trouver à un cheveu de sa bouche. Elle attendit. Son pouls s'accéléra d'impatience, ses mamelons se dressèrent, son sexe se resserra, et au moment où elle faillit lui crier de se dépêcher, il l'embrassa.

Comment ai-je pu penser que le premier venu ferait l'affaire ?

Elle détestait l'admettre, mais le baiser de Mictain fut différent de tout ce qu'elle avait jamais connu. Elle s'embrasa instantanément et oublia sa colère contre lui. La douleur de sa blessure disparut, se transformant en plaisir, et son cœur tambourina – pour lui.

Il l'embrassa tendrement ; des effleurements doux et délicats pour la taquiner. La passion qu'il retenait était palpable : c'était juste là, sous la surface, et elle y aspirait. Elle voulait que ça la touche.

Comme s'il entendait sa supplication silencieuse, son baiser s'approfondit et sa langue se glissa dans sa bouche pour danser avec la sienne. Le bas de son corps s'abaissa pour se poser contre les hanches de Marigold, et elle écarta les cuisses, l'encourageant à se nicher entre elles. Il comprit et poussa son entrejambe contre son sexe humide. Même à travers son pantalon moulant, ce fut comme une pure décharge électrique.

Elle haleta contre sa bouche et il s'éloigna.

— Est-ce que ça va ? Je t'ai fait mal ? demanda-t-il, les yeux assombris d'inquiétude.

Les lèvres palpitantes – à la fois celles d'en haut et d'en bas – elle ne pouvait que le regarder.

Qu'est-ce qui me fait perdre la tête chez lui ?

— Je vais bien. Tu as eu ton baiser. Tu peux partir maintenant.

Elle prononça les mots alors même que son corps – et étrangement, son cœur – criaient intérieurement pour qu'il reste.

— Je te l'ai dit, je ne vais nulle part.

— Mais tu as dit que tu le ferais si je t'embrassais, rétorqua-t-elle en refusant de céder au plaisir que sa simple déclaration provoquait en elle.

— Je n'ai jamais dit que je partirais. Tu m'as demandé ce que je voulais et d'ailleurs je regrette, si j'ose dire, de ne pas avoir demandé plus.

— Porc. Sors.

Marigold essaya de mettre une certaine conviction dans ses mots, mais ne put empêcher un sourire de recourber ses lèvres, surtout quand il lui souriait sans vergogne.

— Quoi ? Que je sorte de mon pantalon ? Bien sûr, mais d'abord, pourquoi est-ce que je ne te donnerais pas un coup de main pour retirer le tien ?

— Bonne chance, dit Marigold avec un sourire narquois. Ce pantalon est collé à ma peau et je ne suis pas en état de me battre pour le retirer. Je suis blessée, souviens-toi.

Ce faisant, elle entrelaça avec espièglerie ses mains sous sa tête, ce qui lui fit à peine mal grâce à l'aspirine… et à Mick.

Il se frotta les mains.

— J'adore les défis. Je suppose que je n'ai pas le droit de le découper ?

Elle fit semblant de se fâcher.

— J'adore ce pantalon. Ne t'avise pas d'en déchirer une seule couture.

Il lui fit un clin d'œil et un mouvement habile, déboutonna et ouvrit la fermeture Éclair du pantalon, permettant à son ventre de mieux respirer. Son sexe, cependant, se sentait plus confiné que jamais. La caresse brûlante de ses doigts la chatouilla quand il saisit les deux extrémités à sa taille et tira. Pas loin, car son pantalon était collé.

— Serre les jambes, dit-il en fronçant les sourcils.

— Dis donc, la plupart des hommes me demanderaient de les écarter davantage, plaisanta-t-elle.

Il rit alors qu'elle les refermait avec un sourire narquois. Il saisit à nouveau sa ceinture et tira. Ça ne descendit pas beaucoup plus, mais il sourit quand même de cette avancée. Lent et méthodique, il continua, et à force de la tortiller, réussit à faire descendre le pantalon, l'épluchant comme un fruit exotique, un nectar dégoulinant.

Les narines de Mick s'évasèrent et son expression amusée devint sérieuse.

— Tu es une sorcière attirante, et j'ai *très* envie de toi.

Malgré sa colère envers lui, Marigold fit écho à ce sentiment et décida de jeter ses bonnes résolutions aux orties.

— Alors, arrête de me taquiner et prends-moi.

Il retira le reste du pantalon en fanfare, la laissant nue de la taille aux pieds, à l'exception de son petit string trempé.

— Tu es blessée et j'aurais tort de profiter de toi. Blague à part, je ne fais que te déshabiller pour te mettre à l'aise.

Marigold éclata de rire.

— Tu travailles en tant que Faucheuse, et tu as peur de me faire du mal ? Et si je disais que je te veux nu maintenant, au lit avec moi ?

Ses mots le troublèrent et il se détourna, prouvant que son dos était tout aussi sexy que son torse.

— Si je me mets au lit avec toi, il n'y aura pas de retour en arrière ou de refus. Mon honneur et ma patience ne vont pas plus loin.

— Alors tu ferais mieux d'avoir une bonne endurance parce que j'ai l'impression qu'une fois ne me suffira pas.

Le son du tissu déchiré fut sa seule réponse, et il la recouvrit à nouveau de son corps délicieusement nu. Sans lui laisser de temps de parler, la bouche de

Mick revendiqua la sienne dans un baiser passionné qui lui coupa le souffle. Elle leva ses mains et les enroula autour de son cou, le serrant contre elle. Il se maintint sur ses avant-bras pour la préserver de son poids, mais suffisamment bas pour que ses mamelons, toujours recouverts de la fine étoffe, effleurent son torse. Cette friction fut suffisante pour les secouer tous les deux.

Abandonnant sa bouche, il traça un chemin brûlant le long de son cou. Elle haleta quand ses puissantes mains saisirent ses seins et les pressèrent. De simples caresses, et pourtant son corps se cambra, complètement en feu. Quand sa bouche saisit une pointe dressée et l'aspira à travers son haut, elle gémit. C'était tellement bon.

Elle se démena et se trémoussa afin de pousser son sein picotant plus loin dans sa bouche, et il profita de ce moment pour glisser ses mains sous son corps et tirer sur les liens qui retenaient son vêtement. Un instant plus tard, le petit haut s'envola, la dévoilant à sa vue passionnée.

— Si belle, murmura-t-il. Et *à moi*.

Sa revendication possessive murmurée la fit frissonner. Il lui saisit la taille, et alors qu'il baissait la tête pour sucer son mamelon, il lui souleva les hanches et inclina son propre bassin vers l'avant. Son string fragile n'était pas une barrière suffisante pour sa queue chaude et gonflée.

Elle agrippa ses cheveux, le tirant et le poussant

à descendre plus bas. Il s'esclaffa en déposant des baisers sur tout son corps.

— Quelle petite sorcière impatiente tu es. Dis-moi ce que tu veux, murmura-t-il en frottant son visage contre son sexe encore caché par la culotte qu'elle détestait à présent.

— Lèche-moi, grogna-t-elle. Goûte-moi. Fais-moi jouir sur ta langue puis prends-moi.

Les gros mots obscènes s'échappaient d'elle. Elle l'entendit inspirer puis sa culotte disparut, remplacée par sa bouche.

Les femmes pouvaient dire ce qu'elles voulaient, mais un homme sachant donner du plaisir à une femme avec sa bouche n'avait pas de prix. Contrairement à la croyance populaire masculine, le plaisir oral nécessitait une certaine habileté, et Mick n'en manquait pas.

Il explora son sexe, de son renflement nerveux jusqu'à son intimité moite, étirant et suçant ses lèvres charnues, la sondant avec sa langue et lapant son nectar. Il aspira, effleura et tortura cet amas de nerfs, à tel point qu'elle souleva ses hanches du lit en criant.

Il enfonça alors plusieurs doigts en elle tout en léchant son clitoris gonflé.

— Jouis pour moi, murmura-t-il.

Ses paroles l'envoyèrent vers les cimes, et elle laissa échapper un long cri tandis que l'orgasme déferlait en elle, la laissant faible et tremblante.

Ses parois intimes tremblaient encore lorsqu'il s'enfonça en elle, dur et massif.

— Oh, Mick.

Elle s'accrocha à ses épaules pendant qu'il la caressait et entamait un lent va-et-vient en elle.

Son corps encore tremblant fut à nouveau emporté par une vague irrépressible. Avec un gémissement de plaisir, elle se brisa à nouveau, et ses parois intimes l'enserrèrent avec force.

Après un dernier coup de reins, il poussa un grondement, et s'immobilisa alors que son sperme chaud jaillissait. Puis il s'effondra de tout son poids sur elle.

— Hum, un peu d'aide ici, siffla-t-elle.

Il roula sur le côté avec un petit rire rassasié et masculin. Pas loin, cependant, car il la ramena contre lui, son corps chaud mieux que n'importe quelle couverture, et avec un sourire, Marigold s'endormit.

10

Mictain se réveilla avec le sourire. La raison de sa bonne humeur était toujours pressée contre lui, et son sexe se durcit à la vue de son corps nu tout en courbes.

Et se dégonfla.

— Oh, mon vieux, tu vas avoir des ennuis, déclara Satan qui se tenait au pied du lit en secouant la tête.

— Va-t'en, siffla Mictain.

— Pourquoi ? Elle est réveillée et, d'ailleurs, j'ai pensé que tu aimerais savoir que son père n'est pas un homme heureux en ce moment.

À côté de lui, Marigold se raidit. Mictain soupira.

Tant pis pour le câlin du matin.

Marigold s'assit et essaya de se couvrir de ses mains tout en dévisageant le diable.

— Je n'ai pas de père. Maintenant, sortez de ma chambre. Et la prochaine fois que vous déciderez de passer, frappez à la porte comme tout le monde.

— Sais-tu qui je suis, petite fille ? rugit Lucifer tandis que de la fumée s'échappait de ses oreilles et que son teint passait du bronzé au rouge betterave — ce qui n'était jamais bon signe.

— Une plaie qui a gâché ma matinée, cria-t-elle avec une absence de peur que Mictain trouva divertissante, même s'il se préparait à la protéger de la colère de Lucifer. J'avais prévu une partie de jambes en l'air inoubliable au réveil, et à la place, vous arrivez sans même un café, et vous m'énervez.

Lucifer resta bouche bée devant cette tirade ; une expression identique à celle de Mictain.

Merde, ma sorcière a des tripes. Mais j'espère pouvoir les préserver car apparemment, elle n'a toujours pas appris sa leçon sur le fait d'énerver les démons.

Mictain sauta hors du lit et leva les mains.

— Calmons-nous ici. Je suis sûr que Lucifer voulait simplement que nous ne soyons pas pris au dépourvu, n'est-ce pas, Lucifer ?

Lucifer lui lança un regard noir.

Il se détourna de Satan et retint un sourire à la vue de Marigold qui semblait toute froissée et grincheuse, et bien trop délicieuse dans un lit.

— Et bébé, ne t'inquiète pas, une fois qu'il sera parti, tu auras le meilleur sexe matinal jamais rêvé.

Elle le foudroya également du regard.

Voilà pour la diplomatie au réveil.

— Bon. Débrouillez-vous alors. Je m'en fiche. Je vais me faire un café.

Mictain sortit de la chambre, nu, et comme il l'avait espéré, Lucifer le suivit en grommelant.

— Si je ne connaissais pas personnellement son père, je lui botterais le derrière jusqu'à ce qu'elle apprenne le respect. Je ne comprends pas. C'est une sorcière. Je pensais qu'elles étaient toutes censées m'adorer ? déclara Lucifer, incrédule.

Fouillant les placards à la recherche de café, Mictain grogna en réponse. Quand Lucifer était dans cet état, mieux valait se contenter d'écouter.

— Et toi ? Bordel, à quoi pensais-tu ? Ne t'avais-je pas prévenu de ne pas t'impliquer avec elle ?

Mictain repéra une bouilloire et la remplit d'eau avant de la placer sur la gazinière.

— Tu as dit de ne pas lui briser le cœur.

— Ha, comme si ça pouvait arriver, déclara Marigold en entrant dans la cuisine vêtue d'une courte robe de soie et appétissante. Nous avons eu des relations sexuelles. Passe à autre chose. Ce n'est pas comme si ça allait se reproduire.

Mictain tritura les tasses qu'il sortait.

— Comment ça ?

— Ça s'appelle un coup d'un soir. Tu as gratté

ma démangeaison sexuelle, et j'ai gratté la tienne. Fin de l'histoire.

La colère bouillonna en Mictain face au rejet nonchalant de ce qu'ils avaient partagé.

— Une démangeaison ? Tu compares le plaisir que nous avons partagé, à une éruption cutanée à gratter ? Tu sais que ce qui s'est passé entre nous était plus que cela.

Marigold éclata de rire.

— Oh, s'il te plaîîîît. Es-tu en train de dire que tu vas te mettre à genoux et déclarer un amour éternel ? Pas du tout. Je m'attendrais à ce genre de conneries de la part d'un ange, ou même d'un employé de Vénus, mais d'un serviteur de la Mort ? Sérieusement ?

Lucifer qui regarda leur querelle, hurla de rire.

— Oh, c'est super. Hé, sorcière, tu es sûre que ça ne te dirait pas un boulot en Enfer ? J'aurais besoin d'une fille avec ton genre de couilles là-bas.

Quand elle lui lança un regard renfrogné, Lucifer se ressaisit et cessa de sourire.

Les joues de Mictain le brûlèrent.

Au temps pour moi d'avoir pensé que nous avions une connexion. Elle a raison. On a couché ensemble — des rapports sexuels incroyables. Fin de l'histoire. Je ne ramperai pas comme un abruti pathétique. Hasta la vista, baby.

Sur ce, Mictain retourna en Enfer, seul.

Mick laissa Marigold seule avec Satan sans même un au revoir. Au lieu d'être heureuse, ça la rendit triste, ce qui à son tour la rendit furieuse. Elle retourna alors sa colère contre la cause de sa mauvaise humeur matinale — un homme très bronzé, la quarantaine avec des reflets argentés qui fredonnait en remuant la douzaine de morceaux de sucre qu'il avait laissé tomber dans son café.

En tout cas, il ne ressemble certainement pas à ce que j'avais imaginé. Où sont les cornes et les yeux jaunes fendus ?

Il rompit le silence en premier.

— Alors, parle-moi de toi, déclara le Seigneur de l'Enfer en sirotant son breuvage trop sucré.

— Sortez.

— Quand je serai prêt, répondit-il calmement en ajoutant encore plus de sucre à son café.

— Pourquoi êtes-vous ici de toute façon ? Vous êtes quoi ? Le gardien de Mick ?

— Mick est mon ami et, en tant que tel, c'est à moi de lui dire quand il fait l'idiot.

— Comment le fait de sortir avec moi serait idiot ? demanda-t-elle, indignée.

Ne suis-je pas assez bien pour lui ?

Le Diable posa sa tasse et son regard intense se concentra sur elle, la faisant frissonner.

— Tu n'as pas écouté ? Ton père est contre.

Marigold croisa les bras et plissa le regard.

— Comme si je me souciais de son avis. Il m'a abandonnée avant ma naissance, alors pourquoi devrais-je me soucier de ce qu'il pense ?

— Quelle vulgarité. Tu es sûre de ne pas vouloir un travail dans la fosse ?

— J'en suis sûre. Et ne changez pas de sujet.

— Ah oui. Ton père. Tu devrais te soucier de ses désirs à cause de qui il est, répondit Satan de manière énigmatique.

Marigold soupira devant cette réponse évasive et posa finalement la question qui lui brûlait les lèvres.

— Qui est mon père ?

— Enfin, elle me le demande. Il est important. Extrêmement important. Et il veut rester incognito pour le moment, dit-il en haussant les épaules.

— Quoi ? explosa Marigold.

À son grand choc, toute la verrerie de sa cuisine explosa également. Abasourdie, elle resta muette un instant.

Lucifer éclata de rire.

— La petite fille à papa a du caractère. On dirait que tu as peut-être plus de pouvoirs que ce que nous pensions. Ça va lui faire plaisir.

—Vous ne pouvez pas me faire ça, grommela Marigold.

— Faire quoi ? demanda gaiement le Diable.

— Ne faites pas l'idiot, cria Marigold de frustration. Vous savez de quoi je parle : balancer des allusions sur mon père et refuser ensuite de me donner son nom. J'ai le droit de savoir.

— Ton anonymat est ta sécurité. Profites-en. Si on savait de qui tu es la fille, ta vie serait en danger.

— Bla, bla, bla, le provoqua Marigold pour le contrarier, et fatiguée de parler au roi des messages cryptés.

Elle obtint le résultat escompté lorsque le seigneur du mensonge disparut de sa cuisine en marmonnant « fille stupide », et retourna en Enfer, où était sa place.

Marigold s'effondra sur une chaise et posa sa tête entre ses mains. Son crâne pulsait, plus en raison du pic d'adrénaline récent que de sa blessure de la veille. Elle avait toujours guéri plus vite que la normale, mais alors qu'elle palpait l'arrière de son crâne, elle dut reconnaître que cette capacité avait grandement augmenté. En effet, il n'y avait aucune trace de bosse, juste un point légèrement douloureux.

Cependant ses émotions et ses pensées étaient bouleversées et elle ne savait même pas par où commencer pour les démêler. Il y avait d'abord la façon dont Mick était venu à son secours, puis avait pris soin d'elle, et pas seulement charnellement. Il l'avait sauvée tel un héros sexy, puis l'avait soignée tel un Chippendale changé en infirmier.

Et puis il y avait le sexe. Étonnant et époustouflant étaient les quelques mots qui lui venaient à l'esprit lorsqu'elle pensait à la façon dont il avait fait chanter son corps. Même maintenant, rien que d'y penser, son corps repu s'éveillait et s'échauffait. Alors que des rapports sexuels satisfaisants auraient été parfaits, ce qu'elle n'était pas prête à affronter, c'était ce qu'il lui faisait ressentir.

Il était parti depuis moins de dix minutes et il lui manquait comme un accro au crack attendant sa prochaine dose. Elle le voulait, maintenant, demain, et pour une quantité effrayante de à-jamais.

Je ne peux pas être tombée amoureuse. Je le connais à peine. C'est un dieu, pour l'amour du ciel, qui récupère des âmes pour la Mort et qui me rend folle.

Pourtant malgré ses réticences, elle ne pouvait nier qu'elle ressentait quelque chose pour lui, et que ce n'était pas uniquement du désir.

Repoussant ce dilemme dans un coin, elle se concentra plutôt sur Lucifer et ses mots énigmatiques.

Qui ou qu'est-ce que mon père ?

Tous ces indices sur sa position et ses pouvoirs surnaturels la rendaient plus curieuse qu'une pièce pleine de chats. Elle trouva également son intérêt soudain tout aussi déconcertant.

Depuis quand mon bon à rien de père en a quelque chose à faire ? Cependant, il est intéressant de noter qu'il n'apprécie pas mon dernier choix de partenaire de lit.

Marigold était résolument vigoureuse et se

livrait au sexe depuis un certain temps, et avec pas mal d'hommes qui plus est — et même une femme. Pourquoi son père fantôme ne s'était-il pas manifesté plus tôt pour désapprouver ses amants ? Qu'est-ce qui avait changé ?

Mick. Il était la clé, évidemment, puisque sa vie jusqu'à présent avait été ennuyeuse et sans incident. Depuis elle avait rencontré Mick, elle avait combattu un démon, puis Satan avait fait sa première visite en insinuant qu'il reviendrait. La puanteur persistante et écœurante du soufre en était un rappel, et fit soupirer Marigold.

Je vais devoir acheter un assainisseur d'air plus puissant si ça doit devenir une habitude pour lui.

L'idée que Satan vienne pour le dîner du dimanche la fit finalement rire et une partie de sa tension se dissipa.

Mais, que dois-je faire ?

La chose la plus intelligente serait d'oublier Mick et de reprendre le cours de sa vie, évitant ainsi les visites du seigneur des ténèbres et les menaces paternelles tardives.

Cependant, Marigold n'aimait pas emprunter la voie facile. Et en plus, en allant à l'encontre des désirs de son père et de Satan, elle obtenait quelque chose qu'elle désirait vraiment : Mick.

Qui boude en Enfer. Je suppose que je ferais mieux de trouver un moyen de le récupérer.

Après une douche, car si elle voulait se réconcilier avec l'homme — euh dieu — qui avait élu domicile dans son esprit, elle devait d'abord laver les parties de son corps qu'elle comptait utiliser pour gagner le pardon. Et le plaisir.

11

Mictain qui courait à travers Hellpark, contourna les imposants piliers de roche rouge qui surplombaient les arbres noueux presque sans feuilles. Il avait besoin de l'adrénaline de l'exercice pour oublier les événements de la matinée.

Enfoiré de Lucifer. C'est de sa faute si je transpire en Enfer au lieu d'être nu sur Marigold.

Mictain se foutait de savoir qui était le père de Marigold. Il avait besoin d'elle — dans son lit, dans ses bras et dans sa vie, parce que Felipe avait raison : il l'appréciait. C'était la seule explication au fait qu'elle ait élu domicile dans son cœur avec cette rapidité.

Comme je suis pathétique. Un dieu vénéré dans le sang et la vie qui pense à une sorcière qui ne veut pas de moi.

Bien sûr, cela ne voulait pas dire qu'il se rendrait facilement. Il lui donnerait l'espace qu'elle semblait réclamer, mais la guerre pour gagner son cœur était loin d'être terminée. Il lui rendrait visite plus tard une fois qu'elle se serait calmée, et, avec un peu de chance, qu'il lui manquerait.

Et si elle est toujours de mauvaise humeur, je laisserai ma langue parler à son autre bouche jusqu'à ce qu'elle jouisse encore et encore.

Son Hellphone, attaché à sa hanche, bipa, signalant un SMS entrant. Mictain l'ignora, pas d'humeur à travailler aujourd'hui — l'apanage d'un dieu à la retraite qui travaillait pour chasser l'ennui et non par nécessité. Cependant, ignorer le message n'était apparemment pas une option, car le foutu téléphone devint balistique, émettant des bips en boucle jusqu'à ce que Mictain arrête de courir et le prenne pour regarder son écran.

Qu'est-ce que c'est que ce bordel ?

Poussant un juron, il quitta Hadès et apparut sur le plan des mortels au sommet du toit d'un immeuble. Le changement soudain de température le fit frissonner alors que son corps en sueur se refroidissait, mais il ignora le froid et s'avança à grands pas sur la surface en béton vers la femme perchée sur le rebord, prête à sauter.

— Descends ton cul de là, beugla-t-il.

Son cri fit sursauter Marigold et ses bras s'agitèrent frénétiquement alors qu'elle essayait de garder l'équilibre. Avec une rapidité à couper le souffle, Mictain fut à ses côtés. Il l'emporta du précipice dans la sécurité de ses bras et la serra avec force contre lui.

Puis il la secoua.

— Qu'est-ce que tu foutais ? Depuis quand es-tu suicidaire ? Les choses ne vont pas si mal, bon sang.

— Salut, dit-elle avec un sourire malicieux. Merci d'avoir répondu à mon appel.

— Quoi ?

Il la regarda un instant avec incompréhension avant de saisir.

— Tu veux dire que tu as simulé une tentative de suicide pour me ramener ici ?

Elle hocha la tête, et Mictain, le cœur rempli de bonheur qu'elle veuille le revoir, quelle que soit la méthode employée, éclata de rire.

— Et si je te laissais un numéro de téléphone pour que tu puisses m'appeler la prochaine fois ?

— Mais comme ça serait ennuyeux ! le taquina-t-elle en enroulant ses bras autour de son cou avant de reculer avec une moue de dégoût. Beurk, tu es en sueur.

Puis elle plissa les yeux et le passa en revue de haut en bas.

— Mieux vaut que ce soit parce que tu as fait de l'exercice, *seul*.

— Je faisais un jogging, alors tu peux retirer cette lueur de jalousie de ton regard.

— Je ne suis pas jalouse, souffla-t-elle. Et ne va

pas t'imaginer, juste parce que j'essayais d'attirer ton attention, que ça veut dire quelque chose.

— Alors pourquoi m'as-tu appelé ?

— Parce que contrairement à ce que j'ai dit ce matin, j'ai encore besoin d'être grattée.

— Je vais gratter ça et plus encore. C'est à ça que servent les petits amis.

Malgré son apparence calme, les paroles de Marigold donnèrent envie à Mictain de lui déchirer ses vêtements et de s'enfoncer dans son sexe glorieux.

— Waouh. Ralentis. Je n'ai jamais dit qu'on sortait ensemble : ça impliquerait une relation émotionnelle.

Mictain garda son sang-froid et s'adossa au parapet de béton en croisant les bras.

— Alors qu'est-ce qu'on est ?

— Des amis avec des à-côtés ? dit-elle en s'avançant jusqu'à lui et passant un doigt sur son torse.

Pas tout à fait ce que j'avais en tête, mais c'est un début.

— Copains de baise, hein ? Ça me va, mais juste pour que nous soyons clairs, dit-il en se penchant assez pour que sa bouche se retrouve à moins d'un centimètre de la sienne. Je ne partage pas.

— Moi non plus, dit-elle en se dressant sur la pointe des pieds pour effleurer ses lèvres des siennes. Alors tu ferais mieux de ramener une demi-douzaine de beignets avec notre café.

Il lui fallut un petit instant pour comprendre sa blague. Elle se sauva plus loin, mais ne put éviter la petite tape sur les fesses. Rieuse, elle se retourna pour agiter ses fesses vers lui et quand il se précipita, elle s'éloigna en dansant.

— Non. Tu ne joueras pas avec ces petits pains tant que tu ne m'auras pas nourrie. Alors, bouge-toi. Et apporte aussi une couverture.

— Oui, général, répondit-il avec un salut.

Il la laissa penser qu'elle pouvait lui donner des ordres, pour le moment. Ils auraient bien assez le temps de se disputer pour savoir qui porterait la culotte dans leur relation, même si sa préférence était qu'aucun n'en porte et qu'ils restent nus au lit pendant au moins dix ans. Bien sûr, d'abord il devrait la faire changer d'avis sur leur relation. Amis de baise... n'importe quoi. Marigold était à lui, qu'elle le veuille ou non.

Mictain planifia sa séduction en descendant les douze volées de marches jusqu'à la rue. Il sourit à la caissière en payant deux grands mokas et une douzaine de beignets, et devint carrément dur en se précipitant chez lui pour prendre une couverture sur laquelle ils pourraient pique-niquer — puis s'envoyer en l'air. Mais il devint furieux lorsqu'il réapparut sur le toit et vit Marigold luttant pour sa vie.

Comment osent-ils toucher ma femme !

Marigold s'appuya contre le parapet en ciment et observa la rue. En voyant Mick sortir de son immeuble et se diriger rapidement vers le café, elle ne put empêcher un sentiment chaleureux de l'envahir. Son plan fou d'appeler la Mort avait fonctionné, même si elle avait craint de se retrouver nez à nez avec l'un des collègues de Mick. Mais son propre ange de la mort était arrivé, fondant sur elle pour la sauver d'elle-même. Même si elle préférait ne pas s'engager et simplement coucher avec lui, elle savait qu'elle était en train de tomber amoureuse. Et à en juger par sa capitulation, c'était visiblement son cas à lui aussi.

Non pas qu'il ait dit les mots, mais il faut dire qu'ils n'avaient pas vraiment eu le temps de discuter. Elle y remédierait autour d'un café et des beignets, puis après le bien-être qui suivait des rapports sexuels satisfaisants.

Ce qui, à en juger par la puanteur soudaine de soufre, pourrait bien être retardé. Marigold fit volte-face, s'attendant à la visite du grand homme, mais elle eut une surprise à la place. Une pas si bonne, ce qui était plutôt ironique, car combien de personnes préféreraient une visite de Lucifer ?

— Merde.

Son juron haletant fut entendu par les cinq démons qui s'avançaient vers elle, du moins c'est ce qu'elle supposa d'après leurs sourires assortis. Pas beau à voir, surtout pour les humains.

— Vous cherchez quelqu'un ?
— Tu es Marigold ?
— Euh non.

Sa réfutation rencontra un ricanement diabolique.

— Bien essayé, sorcière. Sois une gentille fille et n'essaie pas de courir. Ça ne ferait que prolonger ta souffrance.

— Qu'est-ce que vous voulez ?
— Sang. Douleur. Chaos. Les trois. Mes amis et moi ne sommes pas pointilleux.

Ils ne s'étaient pas lavés non plus, à en juger par l'odeur qui émanait dans sa direction.

— Écoutez. Vous ne voulez vraiment pas faire ça.

— Oh que si, déclara le plus trapu à la peau vert foncé et couverte de verrues et de pustules. Ton père va regretter de nous avoir énervés.

— Mais je ne sais même pas qui est mon père.

Elle avait envie de crier de frustration.

Quand je saurai qui est ce bon à rien, je lui arracherai les oreilles à le rendre sourd, et je lui donnerai un coup de pied dans le tibia pour avoir gâché ma vie sexuelle.

Et aussi le punir pour les dommages causés à son visage, parce qu'elle doutait que les démons menaçants la traitent avec douceur.

— Ce n'est pas notre problème, répondit-il en s'approchant avec ses compagnons.

— Arrêtez d'avancer ! ordonna-t-elle impérieusement. Mon petit ami va revenir d'une minute à l'autre et vous ne voudriez pas l'énerver.

— Alors, on ferait mieux de te tuer rapidement.

Marigold plongea sur le côté en couinant et s'éloigna des griffes qui la manquèrent de peu. Elles s'accrochèrent malgré tout à son vêtement et le déchirèrent, mais au moins ce n'était pas sa peau. Elle courut, mais elle n'avait nulle part où aller : la porte se trouvait derrière eux, lui laissant en guise de choix soit de combattre, soit de faire un plongeon de cygne de douze étages.

Il faut juste que je les retienne le temps que Mick revienne. Il va leur botter le cul pour moi !

Elle était peut-être une sorcière, mais ses pouvoirs résidaient dans les potions, non pas dans des éclairs jaillissant de ses doigts. Quant à son nouveau pouvoir de briser le verre, elle essaya d'imaginer les démons imploser, mais sans effet.

Être rapide et rusée, c'était ce qu'elle devait faire pour rester loin d'une mort très douloureuse : une idée grandiose face à des humains, mais contre les démons, elle n'avait aucune chance. Et ils le savaient.

Ils jouèrent avec elle en aboyant des rires tandis qu'ils la faisaient tourner d'une étreinte gluante à une autre, la blessant douloureusement avec leurs griffes acérées. Sa vision se brouilla, et étourdie, elle tomba au sol, incapable de permettre à ses genoux de tenir debout. Entre leurs jambes épineuses et écailleuses, elle vit la porte du toit s'ouvrir. Du café et des beignets volèrent dans les airs tandis que Mick chargeait le groupe de démons avec un beuglement féroce.

— Bâtards ! Vous paierez pour vos actions.

Payer combien ? se demanda-t-elle bêtement.

Marigold essaya de garder les yeux ouverts, elle voulait tellement voir son amant en action, mais ses paupières se refermèrent contre son gré, la tirant dans l'oubli comme si des blocs de ciment étaient attachés à ses cils. Elle écouta les grognements et les claquements de chairs alors que Mick exigeait vengeance.

Ha ! Prenez ça, vilaines créatures.

Elle aurait aimé que les muscles de son visage lui obéissent pour pouvoir sourire, mais ça demandait trop d'efforts. L'obscurité lui fit signe et elle se laissa glisser dans son étreinte engourdissante.

12

La furie fit bouillir le sang dans ses veines. Il n'était parti que quelques minutes pour chercher de quoi manger et il retrouvait sa sorcière en train de se faire passer à tabac. C'était inacceptable. Ne savaient-ils pas avec qui ils jouaient ? Ces démons des castes inférieures n'avaient donc plus aucun respect pour leurs aînés ?

Ils l'apprendraient une fois qu'il en aurait fini avec eux. Les démons qui avaient osé toucher *sa* sorcière allaient apprendre ce que signifiait soulever la colère d'un dieu. Il les démolit de ses poings — des coups puissants auxquels aucun mortel n'aurait pu résister. La rage décupla ses forces, assez pour arracher leurs membres et les utiliser en tant que gourdins pour frapper ces créatures indignes, jusqu'à ce qu'elles rampent, dégoulinantes d'ichor et qu'elles implorent sa pitié.

Comme s'il allait leur en donner.

Insatisfait, Mictain les ramena pour subir encore plus de sa justice, jusqu'à ce qu'ils pleurent, implorent et supplient de mourir. Alors, et seulement alors, il les envoya en Enfer où il savait que Lucifer les ferait souffrir davantage. Dans son esprit, une éternité ne suffirait pas pour ce qu'ils avaient fait à sa Marigold.

En parlant d'elle, elle n'avait pas l'air en très bonne santé. Il s'agenouilla à ses côtés, grimaçant à la vue des coupures et des ecchymoses qui fleurissaient sur toutes les parties visibles de son corps. La voyant inconsciente et le teint gris, il poussa un juron en réalisant que son côté humain réagissait à la toxine des griffures de démons. Il la souleva et la serra avec précaution dans ses bras et commença à se diriger vers les escaliers menant à son appartement, quand il se rendit compte que Marigold n'aurait pas les onguents et les remèdes nécessaires à ses soins.

Mais j'en ai chez moi, et en plus elle y sera en sécurité.

Cependant, sa magie de translocation ne lui permettait pas de prendre un passager. Seuls quelques démons pouvaient créer un portail suffisamment puissant pour plus d'une entité. Même si cela l'irritait, il fit appel à son patron.

— Lucifer !

C'était peut-être étrange de sa part d'appeler le Diable à haute voix, mais pas plus étrange que de voir apparaître Lucifer vêtu d'un kilt, torse nu, brandissant un club de golf et portant un béret écossais avec un cigare qui pendait de sa bouche.

— Qu'est-ce que c'est maintenant ? gronda le seigneur du péché. J'étais en train de pratiquer mon swing.

Il aurait mieux fait d'engager quelqu'un pour l'habiller.

— J'ai besoin de ton aide.

Ce n'est que là que Lucifer remarqua la silhouette tremblante de Marigold.

— Qu'est-ce que ça signifie, Mictain ? Je pensais que tu aimais la fille.

— Ce n'est pas moi, mais tes démons.

— Pas sous mes ordres, fut la réponse indignée.

— Des renégats donc. Peu importe. Je les ai expédiés au centre de traitement. Mais peut-on oublier le « qui » et le « comment » et nous concentrer sur la partie aide ? Elle a besoin de soins médicaux.

— Alors, emmène-la à l'hôpital.

— Tu sais aussi bien que moi qu'ils ne sont pas équipés pour les empoisonnements démoniaques.

— C'est vrai. Mais elle devrait avoir assez de sang surnaturel pour l'aider à s'en sortir.

Quand elle gémit, Lucifer ajouta :

— Enfin, peut-être.

— Elle souffre.

— Et ? Que veux-tu que j'y fasse ? Je suis un

destructeur, pas un réparateur. Si tu voulais de la magie de guérison de tapette, tu aurais dû appeler Gaïa.

— C'est ta petite amie. Appelle-la.
— Je ne peux pas. Elle est en SPA. Une retraite entre filles avec Muriel. Aucun téléphone n'est autorisé. Mais elle reviendra demain.

La tête de Mictain faillit exploser.

— Alors pourquoi me dire de l'appeler si tu sais qu'elle n'est pas disponible ?
— Je ne t'ai pas dit ça. Je disais juste que, dans ce genre de situation, si jamais ça se reproduisait...
— D'accord. Je comprends. On peut y aller ? Le temps nous est compté.
— Super, souffla Lucifer. Sois sympa et donne des conseils, et voilà comment on te saute dessus.
— Je m'excuse. Content ?
— Pas vraiment.
— Je te paierai un grog la prochaine fois qu'on sortira, d'accord ?

Parce que Lucifer était un gros radin qui détestait payer ses consommations.

— Maintenant, ramène-nous chez moi, veux-tu ? J'ai des trucs qui devraient faire l'affaire, ou du moins soulager ses pires symptômes.
— Je ne sais pas. Peut-être que je devrais l'emmener directement chez son père. Tu n'as pas été très doué pour la protéger jusqu'à présent. Deux

attaques de démons en deux jours ? Tu t'encroutes, mon vieux.

— N'importe quoi. À ton avis, qui l'a sauvée ? Quant à amener Marigold chez son père, tu l'as entendue. Cet homme ne l'intéresse pas.

— Mais là, elle est blessée. Ça change tout.

— Je peux arranger ça. N'y mêle pas son père.

Pas quand Marigold était si faible. Elle péterait un plomb à coup sûr quand elle se rétablirait, et Mictain avait assez à s'excuser comme ça, à commencer par le fait qu'il n'avait pas été là pour la protéger quand elle avait eu besoin de lui.

— Si elle meurt…

— Euh, allo ? Ici la Faucheuse. Je refuserai tout simplement de prendre son âme.

Lucifer renifla.

— C'est une réponse stupide, même pour toi. Heureusement que nous sommes amis, sinon je t'aurais puni. Quant à la ramener chez toi, je vais vous y conduire, mais tu ne diras pas que je ne t'ai pas prévenu.

Qu'est-ce que ce soi-disant père pouvait faire de si terrible ?

La question dut attendre, car une bouffée d'air froid familière suivie d'une chaleur étouffante et teintée de soufre, se précipita sur son visage. En quelques secondes, Lucifer les avait ramenés en Enfer, directement dans sa chambre. Mictain déposa doucement Marigold sur le lit. Comme il aurait aimé pouvoir lui présenter sa couette en satin bleu en des circonstances plus agréables.

Inquiet par sa pâleur, il se précipita vers sa salle de bain et sa trousse de premiers soins, qui, malgré ce qu'il avait affirmé à Lucifer, s'avéra décevante. Apparemment ces trucs avaient une date d'expiration. Les potions pour combattre le poison et augmenter les chances de guérison avaient séché avec le temps. Les dieux faisaient peu usage des aides à la guérison, et visiblement il avait gardé ce remède un peu trop longtemps.

— Merde !

Il retourna dans sa chambre et vérifia l'état de Marigold, qui respirait faiblement. N'ayant rien sous la main pour l'aider, il décida d'aller chercher les médicaments dont il avait besoin. Avant de partir, il l'embrassa doucement sur le front.

— Tiens bon, petite sorcière. Je reviens tout de suite, et je te promets que tu iras mieux.

Une part de lui rechignait à la laisser seule, mais il n'y avait pas d'endroit plus sûr que son loft, qui n'était que légèrement moins sécurisé que les quartiers privés de Lucifer. Mictain tenait plus que tout à sa vie privée.

Rassuré, après avoir vérifié les protections de son appartement, Mick se translocalisa directement chez l'apothicaire de l'Enfer. Le sorcier voûté à présent devenu pharmacien, assis derrière le long comptoir en bois, fut surpris de le voir.

— Monseigneur, vous faites un grand honneur à ma boutique, déclara la silhouette desséchée en se levant et en s'inclinant. En quoi puis-je vous être utile ? Peut-être un philtre d'amour pour faire pâlir les dames ? Nous avons également un nouveau produit qui plaira à coup sûr : Hiagra 2, qui vous garantit une queue monstrueuse, et contrairement à la première version, n'inclut pas les crocs.

Mictain retint un frisson au rappel de Hiagra 1. Bien qu'il ne l'ait jamais essayé, ses résultats avaient horrifié même les plus horribles des habitants de l'Enfer.

— Merci, Mungo, mais ce dont j'ai vraiment besoin, c'est de ta crème de guérison la plus puissante pour une demi-humaine, et un antidote au poison démoniaque.

— Hmm. Je vais devoir préparer un nouveau lot. Il y a eu une quantité incroyable d'attaques démoniaques ces derniers temps.

Mungo se précipita vers son labo à l'arrière de la boutique, et Mictain fit les cent pas, impatient, même en sachant qu'il faudrait des heures pour que les effets du poison deviennent irréversibles. Il ne pouvait s'empêcher d'avoir le sentiment persistant que quelque chose n'allait pas.

Quel idiot je deviens. Elle est en sécurité chez moi et je ne lui serai d'aucune utilité en rentrant sans le remède.

Malgré les alarmes qui sonnaient follement dans son esprit, Mictain attendit que Mungo mesure soigneusement, remue et chante les incantations. Enfin, il remit les deux flacons à Mictain, qui, avec un laconique « Merci », retourna dans sa chambre.

Pour trouver un lit vide.

Qu'est-ce que ça veut dire, bordel ?

— Lucifer ! cria-t-il sans réponse.

Pas étonnant puisque Mictain était certain qu'il avait un rôle dans la disparition de Marigold.

Il se téléporta devant la porte de Lucifer et sonna. Personne, pas même les alliés, ne pouvait entrer directement dans l'enceinte. Dommage que personne n'ait trouvé le moyen de faire la même chose pour Satan.

Il n'y eut pas de réponse à la sonnerie, mais la porte s'ouvrit avec un grincement sinistre. Lucifer contrôlait soigneusement l'ambiance de sa maison, et il existait une règle stricte contre le graissage des portes. Mictain s'avança jusqu'aux enceintes en bronze qui mesuraient plus de trois mètres de haut. Son patron recevait parfois les visiteurs les plus étranges, et les caractéristiques de sa maison, comme les pièces et les portes surdimensionnées, en étaient un petit indicateur. Les portes s'ouvrirent avec un cri métallique qui le fit grimacer.

Prenant cela comme une invitation, Mictain s'avança sur le sol en ardoise rouge, et se dirigea vers le bureau de Lucifer. La secrétaire gobelin de Satan avec sa peau verte luisante pleine de verrues et ses dents pointues fardées de rouge, lui fit signe d'entrer. Comme si elle pouvait l'arrêter ! Mictain n'était pas d'humeur à justifier son absence de rendez-vous : pas avec la disparition de Marigold.

Il trouva le seigneur d'Hadès en train de jouer au golf ; il faisait en quelque sorte un putt. Lucifer utilisait la jambe d'un démon en guise de club et la tête comme une balle, tandis que le trou qu'il visait était son chien de l'Enfer allongé au sol, la gueule grande ouverte en attendant sa friandise. Connaissant le sort de ceux qui l'interrompaient — douloureux et sanglant — Mictain attendit que Lucifer aligne son tir. Il applaudit même silencieusement, car il avait reconnu les membres appartenant aux démons qui avaient attaqué Marigold. Que de chemin parcouru : démembré, mangé, puis transformé en excrément de chien de l'Enfer. Satan avait un sens éloquent de la justice.

Le pied au bout de la jambe fit mouche, et la tête roula avec un vacillement erratique dans la gueule grande ouverte du chien, qui la dévora dans un craquement. Lucifer posa son club de fortune et se tourna vers lui.

— Mictain, quelle surprise, déclara-t-il avec un sourire moqueur.

— Où est-elle ?

— Tu parles de la petite sorcière ? Oui, son père était très mécontent que tu ne l'aies pas soignée. Il a décidé qu'elle serait mieux avec lui.

— Récupère-la.

Mick retint une envie de secouer Lucifer, car on ne levait pas la main sur le Seigneur d'Hadès en s'attendant à vivre assez longtemps pour en parler.

— Impossible.

— Alors, dis-moi où elle est.

— Fais-toi une raison, Mictain, tu l'as perdue. Maintenant, file. J'ai une audience au tribunal avec un cadre de la société BP récemment décédé. Je veux m'assurer d'être de bonne humeur, expliqua Lucifer en se frottant les mains avec un sourire sadique.

Mictain explosa.

— Bon sang, Lucifer. C'est ma femme. Si tu sais où elle est, dis-le-moi pour que je puisse au moins essayer de parler à son père.

Mictain détestait se sentir impuissant. Ce n'était pas quelque chose qu'il avait souvent expérimenté dans sa vie — ou dans sa non-vie. Il avait beau savoir qu'il devait garder son sang-froid, il en était incapable : pas avec toutes ces émotions qui bouillonnaient en lui.

— J'en ai marre que tu te mêles de ma vie amoureuse. Ce ne sont pas tes putains d'affaires. Maintenant, dis-moi où elle est !

Il réalisa qu'il était allé trop loin, en voyant la fumée sortir des oreilles de Satan. Celui-ci se tourna vers lui, les yeux brillants des feux de l'Enfer.

— Écoute, mon garçon. J'ai toléré ton attitude en raison de notre amitié, mais là tu pousses vraiment. Rentre chez toi avant de faire une bêtise. Oublie la fille. Elle est hors de ta portée.

Mais Mictain n'avait pas l'intention d'oublier Marigold. Il en était incapable. Elle était partie en réussissant l'impossible : elle avait volé son cœur. Alors, que devait faire un dieu qui avait besoin d'aide, quand le démon le plus puissant du royaume le lui refusait ?

Mictain ne prit pas la peine de lui dire au revoir. Il sortit en trombe du bureau de Satan et se dirigea vers la zone sans sortilège la plus proche où il pouvait faire appel à sa magie de translocation. Il y avait quelqu'un, un trio en fait, qui pourrait éventuellement l'aider. Le seul problème était le prix qui pouvait être demandé en retour, mais Mictain s'en fichait.

Je ferai et donnerai n'importe quoi.

Il avait besoin de retrouver Marigold, et de la savoir en sécurité, de la tenir contre lui et ne jamais la laisser partir.

Prenant une profonde inspiration, il sauta au sommet du mont Purgatoire et atterrit sur un plateau aride ouvert sur trois côtés. Du quatrième côté, creusé dans la montagne, se trouvait une ouverture caverneuse. Bienvenue dans la patrie des Moires, plus communément appelées les Parques. Les Moires, comme lui, avaient perdu tous leurs adeptes au fil des siècles, mais elles conservaient leurs pouvoirs. Toutefois en regardant l'endroit où elles avaient élu domicile, Mictain s'interrogea sur leurs capacités. Contrairement à lui et à d'autres dieux des temps perdus, les sœurs n'avaient pas embrassé la vie moderne et ses commodités. Il s'interrogea également sur leurs raisons d'avoir choisi de vivre dans une grotte humide creusée dans la roche même d'Hadès. Pourtant, même s'il doutait d'elles, il avait toujours besoin de leur aide. Il se tint donc à l'entrée de leur maison et les appela.

— Atropos, tisseuse du commencement, je demande ton aide.

Une brise chaude souffla depuis l'ouverture sombre et tourbillonna autour de son corps en le chatouillant.

— Lachesis, mesureuse de vie, je demande ton aide.

Une odeur l'entoura — épicée, sucrée et aigre-douce — les différentes saveurs qu'une vie devait offrir.

— Clotho, plus sévère, je demande ton aide.

Un froid intense et engourdissant s'abattit sur lui, faisant claquer ses dents et lui coupant le souffle. Des tours de passe-passe impressionnants pour un humain, mais en tant que dieu, Mictain les considérait pour ce qu'ils étaient : un accessoire sensoriel pour les rendre plus intimidantes et mystérieuses.

Brusquement toutes ces sensations le quittèrent et, en un clin d'œil se tinrent devant lui trois personnages masqués : Atropos en blanc pour la pureté d'une nouvelle vie, Lachesis dans un arc-en-ciel de couleurs pour la diversité, et bien sûr, du noir pour Clotho, porteuse de décès. Quel cliché. Bien sûr il n'en dit rien. Après tout, il avait besoin de leur aide.

Gardant cela à l'esprit, il s'appliqua à faire preuve du meilleur des comportements, faisant appel aux manières courtoises qu'il n'avait plus utilisées depuis des millénaires. Mictain s'inclina devant ces êtres qui avaient pris des formes de femmes depuis des siècles en espérant qu'elles n'aient pas lu ses doutes antérieurs, car il sentait le pouvoir indubitablement intense qui émanait d'elles.

Je suis surpris que Lucifer n'ait pas essayé de les séparer. Ce genre de pouvoirs réunis au même endroit doit le rendre nerveux.

Ce n'était pas son problème, cependant. Il avait des choses plus importantes à régler.

— Belles dames, merci de m'avoir accordé audience. Vous me faites un grand honneur, dit-il avec une seconde révérence plus profonde.

Avec Satan, il avait une amitié ouverte qui pouvait résister à l'épreuve du stress et des mots durs, mais avec les Moires d'humeurs incertaines et dotées de vastes pouvoirs, il fit preuve de toute la courtoisie possible.

— Parle du but de ta visite.

Avec leurs capuches tirées sur leurs visages et la voix qui n'était qu'un murmure étrange venant de tout autour de lui, il ne pouvait dire qui avait parlé.

— J'ai besoin d'aide pour retrouver une sorcière, une demi-humaine nommée Marigold. Elle m'a été enlevée.

— Plutôt réclamée par son père, ricana une voix plus aiguë.

— Prise, affirma-t-il. De chez moi et contre son gré.

— Les droits d'un père l'emportent sur ceux d'un amant, contra une voix rauque qui s'insinua le long de sa colonne vertébrale et le fit frissonner.

— Ce n'est pas un père. Elle ne l'a jamais rencontré. Il l'a abandonnée avant sa naissance.

— Et pourtant, il la surveillait.

— Et n'a rien fait pour la protéger quand elle a été attaquée, rétorqua-t-il.

— Nous voyons du sang et du chaos si tu choisis de la rechercher, avertit la voix chuchotée.

Ces mots le glacèrent.

— Qui est blessé ? Je me fous des autres, tant que je récupère Marigold saine et sauve.

— D'une grande nécessité vient le pouvoir. Au milieu de la bataille, la compréhension se fait jour. Par le sang s'élèvera celui qui aura le pouvoir de couper le monde en deux.

Mictain passa sa main dans ses cheveux, et les ébouriffa.

Putains de diseuses de bonne aventure et leurs énigmes.

— D'accord, génial. Je suis sûr que c'est une énigme fabuleuse. Mais je ne suis pas un humain, alors j'apprécierais que vous abandonniez vos mystères et que vous me disiez simplement où elle est.

Il réfléchirait à la prophétie plus tard et prierait – en son propre nom, puisqu'il était après tout un dieu – que le sang dont elles parlaient n'appartenait pas à Marigold.

— Tu la trouveras, au sommet.

— De quoi ? Un cheval ? Une colline ? Un volcan ? Pourriez-vous être un peu plus précises ?

Un grand soupir lui répondit.

— Écoute, notre disque dur est cassé et on rate notre feuilleton en ce moment. Ta chérie est sur le mont Olympe. C'est assez clair ? Pour le paiement, nous serons nommées tantes d'honneur des enfants que vous aurez ensemble. Maintenant, va-t'en.

Quoi ? Avant qu'il puisse leur poser la question, les Parques disparurent dans un tourbillon de fumée et Mictain cria : « Merci » alors que la brume poudreuse retournait dans la grotte. Leurs paroles le stupéfièrent. *Enfants* ? Il n'avait pas pensé aussi loin, mais bien sûr, s'il continuait à avoir des relations sexuelles avec Marigold, la possibilité existait. Mais il réfléchirait à ce scénario plus tard. Il devait se préparer à prendre d'assaut le domaine des dieux olympiens. Quelle joie ! Il ne se souvenait pas de la dernière fois où il avait lancé ou mené un combat.

Il aurait besoin d'aide, cependant. Ces Olympiens avaient tendance à être des snobs violents et consanguins, ce qui expliquait probablement pourquoi le père de Marigold — qui qu'il soit — n'acceptait pas qu'elle sorte avec lui. Un Aztèque bronzé n'était pas vraiment un bougre en toge.

Tant pis. Mick mènerait une guerre céleste s'il y était forcé, afin de récupérer Marigold.

Elle est à moi, que ça plaise ou non à son père. Il est temps d'appeler mon armée. Un peu d'exercice ne leur fera pas de mal.

13

Marigold se réveilla sous les rayons du soleil dansant sur sa peau, et ouvrit les yeux sur un plafond orné de fresques — un plafond très dérangeant avec des êtres en pleins ébats pervers dont les positions lui paraissaient physiquement impossibles. Se souvenant de ses blessures, elle tarda à s'asseoir, mais à son grand étonnement, réalisa qu'elle se sentait bien. Un rapide coup d'œil sur son corps et une palpation lui apprirent qu'elle était guérie et vêtue d'une courte robe blanche.

— Quoi ?

La dernière chose dont elle se souvenait, c'était d'avoir perdu face aux démons. Puis son amant était arrivé à la rescousse. Était-elle chez Mictain ? Elle se leva du lit et fit le point sur son environnement. Murs blancs, literie blanche et meubles lourds et sombres.

Et n'oublions pas les œuvres d'art bizarres.

Cette pièce ne semblait pas être le style de Mick, et pourtant, la dernière chose dont elle se souvenait, c'était qu'il venait à son secours.

Suis-je morte ?

Avait-elle, dans une tournure vraiment étrange du destin, fini au paradis ? Non. Même elle, n'était pas assez stupide pour croire qu'une sorcière — ayant volé sa juste part de mascara à l'adolescence — puisse passer les portes nacrées.

Mais si je ne suis pas dans les nuages, alors où suis-je ?

Repérant une fenêtre, Marigold se dirigea vers l'immense ouverture flanquée de rideaux transparents qui se soulevaient doucement sous la brise fraîche. Sa mâchoire s'en décrocha devant la vue.

Des nuages duveteux surmontés de jardins et de somptueuses demeures qui s'étendaient devant elle : il semblait que l'impossible se soit produit.

— Comment ai-je fini au paradis ? s'exclama-t-elle.

— Pas le paradis, mais le mont Olympe, la patrie des dieux de l'Olympe, répondit une voix grave derrière elle.

Laissant échapper un cri de surprise, Marigold se retourna et aperçut un vieil homme de grande taille, avec des traits anguleux partiellement cachés par une barbe blanche et ses cheveux. Oubliant de tempérer sa langue, pas avec son cœur tambourinant de peur, elle s'écria :

— Mais qui êtes-vous ?

— Je suis Zeus, roi des dieux olympiens et ton père.

S'il s'attendait à ce que son annonce l'impressionne, il fut surpris.

— Alors c'est toi qui as mis ma mère en cloque et l'as abandonnée ?

La voix de Marigold était égale, ce qui était surprenant compte tenu de sa rage. Elle avait enfin trouvé l'objet de sa haine depuis tant d'années, et il se tenait — si tentant — à portée de sa colère.

— Ta mère était une simple mortelle. Tu ne peux pas t'attendre à ce que je sois resté avec elle. J'ai des devoirs, annonça-t-il d'un ton pompeux.

— Alors pourquoi ne l'as-tu pas amenée ici ?

Zeus ne remarqua pas l'éclair dans le regard de Marigold, celui annonçant que la tempête était sur le point de frapper. Il parut même incrédule.

— Quoi ? Tu plaisantes ? Amener ma maîtresse humaine ici ? Ma femme ne l'aurait jamais toléré.

Marigold s'énerva.

— Tu étais marié ! Sale porc. Comment as-tu osé tromper ta femme ? Comment as-tu osé jouer comme ça avec ma mère ? Sais-tu qu'elle ne t'a jamais oublié ? Et qu'en plus elle a dû travailler comme un chien pour garder un toit au-dessus de nos têtes.

Zeus vacilla d'abord sous ses accusations, mais il

se ressaisit rapidement et fronça les sourcils en rugissant :

— Comment oses-tu me parler de manière aussi irrespectueuse ? Je suis ton père !

— Un imbécile irresponsable je dirais, cria Marigold en se tenant face à lui.

— Je t'apprendrai à respecter tes aînés, gronda Zeus.

— Fais la queue alors. En parlant de ça, qu'as-tu fait à Mictain ?

Zeus s'écarta d'elle et sourit sournoisement.

— Rien, même s'il le méritait de ne pas t'avoir protégée. Mais je ne m'attendais à rien de mieux de la part d'un chien aztèque.

— Ce n'est pas son travail de me protéger. Maintenant, emmène-moi à lui.

— Non.

Marigold regarda l'homme qui l'avait engendrée et voulut crier de frustration. Voilà pour son fantasme caché sur son père qui la trouverait et déclarerait qu'il l'avait toujours aimée et désirée. Elle avait raison depuis le début ; son père était un âne. Mictain, cependant, ne l'était pas, et Marigold voulait férocement le revoir.

— Bien. Alors je le trouverai toute seule.

— Tu n'en feras rien. Tu es ma fille, et en tant que telle, tu t'abstiendras de fréquenter un de ses semblables.

Elle le regarda bouche bée.

— Excuse-moi ? Est-ce que tu viens de me dire avec qui je peux sortir ou pas ? dit Marigold en éclatant de rire. Oh, ça n'a pas de prix. Mettons les choses au clair, Papa chéri, ajouta-t-elle en s'approchant de lui. Tu ne me diras *pas* avec qui je peux ou pas baiser.

Elle ponctua ses mots de coups durs dans le torse de Zeus.

Voir son visage prendre une teinte violette l'amusa beaucoup. Elle s'attendait à une réponse fulgurante de sa part, mais à la place, il lui tourna le dos et s'éloigna.

— Je suis le roi de ce domaine. Ton amant ne peut pas te joindre ici, et bonne chance pour essayer de t'échapper. Il faut être un dieu olympien à part entière pour s'aventurer sur le chemin périlleux menant au monde d'en bas.

Marigold courut vers la porte en la voyant claquer derrière lui, et tira sur la poignée qui, sans surprise, s'était verrouillée.

— Laisse-moi sortir d'ici, espace de poilu ringard, hurla-t-elle en tapant ses paumes contre la surface solidement sculptée.

Pas de réponse.

— Abruti minable. Tu peux courir pour avoir une carte à la fête des pères !

Après avoir donné en vain des coups de pied dans le panneau, elle se retourna et observa la pièce, cherchant une autre issue. Voyant la fenêtre, elle s'y dirigea à toute allure et regarda à l'extérieur. Le sol n'avait pas l'air trop bas : elle pourrait probablement sauter. Elle appuya ses mains sur le rebord et se prépara à lever ses jambes, mais se heurta à une barrière invisible.

— Tu ne peux pas t'échapper de cette façon, ma chère.

Elle ne cria pas aussi fort cette fois, mais la nouvelle arrivante l'effraya quelque peu. Marigold fit volte-face et vit une jolie femme d'un certain âge à l'entrée de la pièce. Ses cheveux bruns avec des touches de gris étaient attachés sur sa tête, et elle portait une longue robe beige cintrée à la taille par une ceinture tressée en or.

Super. Une autre divinité grecque.

— Et qui êtes-vous ? Ma sœur perdue depuis longtemps ? demanda sarcastiquement Marigold.

— En fait, étant donné ta filiation, je suppose que tu pourrais m'appeler ta belle-mère. Je suis la femme de Zeus, Héra.

— Oh.

Marigold perdit toute colère en une seconde et étudia la femme — une déesse d'après ses souvenirs en mythologie — avec méfiance.

— Salut.

Le visage d'Héra se plissa quand elle sourit.

— Ne t'inquiète pas, mon enfant, je ne t'en veux pas des transgressions de ton père, et je ne peux pas non plus blâmer ta mère. Les mortelles ne peuvent résister à l'attrait d'un dieu.

— Alors, vous tolérez qu'il vous trompe.

— Bien sûr que non. Ne t'inquiète pas pour ça. J'ai déjà pris ma revanche pour ses infidélités, répondit-elle avec un sourire diabolique que Marigold ne put s'empêcher de lui rendre.

Et qui lui donna aussi une lueur d'espoir.

— Donc vous n'approuvez pas ce qu'il a fait ? Super, alors ça ne vous dérangera pas de m'aider à m'échapper.

— Pourquoi ferais-je cela alors que ton très beau prétendant est venu te chercher ?

— Quoi ? Mictain est là ?

L'espoir fit battre son cœur et l'emplit d'une sensation de chaleur et d'excitation.

Héra désigna d'une main gracieuse la fenêtre, et Marigold se tourna pour regarder à l'extérieur. Au début, elle ne vit rien, mais une agitation au loin attira finalement son attention.

— Tu vois ? dit Héra à côté d'elle. Ton amant est venu te libérer de ton père.

Marigold ne put retenir le sourire qui s'étendait d'une de ses oreilles à l'autre. *Mick est venu pour moi !* Mais le perdit aussitôt quand des cris et le bruit des affrontements lui parvinrent.

— Que se passe-t-il ?

— Ils se battent pour décider qui te remportera, bien sûr.

— Mais Mictain pourrait se blesser.

Cette pensée la consterna. Ce stupide imbécile avait fini par beaucoup compter pour elle.

Je le tuerai s'il se blesse en essayant de me sauver.

Héra tendit la main et une lumière rougeoyante éclata et grandit jusqu'à ressembler à une assiette en vol stationnaire. Sa surface opaque s'éclaircit et Marigold vit la bataille comme si elle était assise au premier rang, pleine de sons et d'odeurs — un détail dont elle aurait pu se passer car les hordes d'hommes en sueur ne dégageaient pas un parfum des plus agréables.

Mais elle oublia tout cela, captivée par ce qu'elle vit. Bon dieu, et elle le pensait littéralement, est-ce que Mictain balançait un objet étrange qui était un croisement entre une épée et une massue ? Quoi que ce soit, l'arme était mortelle et tranchait avec une efficacité sanglante.

Mais, une arme de poing n'était pas de taille contre un éclair lancé dans son dos par son lâche de père.

Sous ses yeux, Mictain tomba au sol et ne bougea plus. Le cœur de Marigold cessa de battre.

Non.

Ses lèvres bougèrent en silence alors que Zeus se tint au-dessus du corps immobile, et elle vit l'intention de mort sur son visage.

Comprenant ce qu'il allait faire, la rage monta en elle, un enfer en fusion qui devait être libéré.

— Pas question !

Avec un cri de rage, Marigold fit un trou dans le mur, la fureur canalisant son pouvoir comme elle ne l'aurait jamais imaginé. Il était temps de montrer à papa ce qu'elle pensait de ses règles — et de sauver son amant.

14

Mictain rassembla son armée : d'autres dieux aztèques tels que lui, des disciples maudits dirigés par son général Montezuma. Il y avait même des démons dans ses rangs. Satan apparut alors qu'ils entamèrent le sentier périlleux menant au mont Olympe.

— Tu vas quelque part ? demanda Lucifer en courant aux côtés de Mictain, qui menait la charge en tenue complète de combat : pagne, peintures de guerre et plumes.

— Je suis juste sorti courir, mentit calmement Mictain.

— Avec une armée ? souffla Satan, qui renonça au jogging pour flotter sans effort à ses côtés. Je pensais t'avoir dit d'oublier la fille.

— Qui a dit que ça avait quelque chose à voir avec Marigold ? J'avais envie de déclencher une guerre et il m'est venu à l'esprit que les Olympiens pourraient être un bon point de départ.

Lucifer éclata de rire.

— Je savais que tu comprendrais. Donc c'est quoi le plan ? Tuer son père et la reprendre ?

— Oui.

Il les massacrerait tous pour la sauver.

— Tu sais qu'elle pourrait avoir un problème avec le fait que tu tues son père, même si elle le déteste en ce moment.

— Alors je ne le tuerai pas. Je vais juste lui enlever une partie du corps ou deux.

Lucifer hurla de rire.

— Oh, ça va être amusant. Ça te dérange si je t'accompagne et que je regarde ?

— À toi de voir, mais j'espère que tu ne portes pas tes beaux vêtements, parce que j'ai le sentiment que les choses vont se gâter.

Lucifer soupira.

— J'aimerais pouvoir jouer.

— Pourquoi pas ? demanda Mictain, curieux de l'abstinence de Lucifer alors qu'il sentait clairement son désir de se joindre à eux.

— Conflits d'intérêts, sinon je le ferais. Mais si jamais tu décides de faire la guerre à l'armée du Ciel, fais-le-moi savoir. Je serai là avec des cloches.

Mictain s'esclaffa devant le sourire diabolique de Lucifer.

Le chemin menant au mont Olympe était dangereux pour les humains et les idiots. En tant que dieu, Mictain voyait les fragiles pièges, et il put mener son armée sans incident jusqu'aux grandes portes en fer forgé — plutôt ostentatoires à son goût — de l'Olympe.

Il frappa son macuahuitl — une ancienne arme aztèque mortelle comparable à une épée mais doublée d'obsidienne enchantée — contre les portes.

— Je suis Mictain, dieu aztèque de la mort, et je viens réclamer ma femme, Marigold, qui m'a été volée par l'un de vos lâches habitants.

L'air derrière la porte tourbillonna et une silhouette apparut. Un grand homme barbu que Mictain reconnut comme étant Zeus.

— Prends ton armée, chien aztèque, et disparais ! gronda Zeus avec une grimace féroce.

— Pas sans ma femme. Ma guerre n'est pas contre toi, alors dis à son lâche de père d'amener ses fesses ici et de venir me parler en personne.

— Ma fille n'ira nulle part avec toi, répondit Zeus avec un sourire suffisant. Alors, emmène tes fidèles débraillés avant que mes frères et moi vous montrions de quoi les vrais dieux sont capables.

Mictain sourit. Ses yeux brillèrent de rage et son corps se réchauffa d'une fièvre de combat qu'il n'avait plus ressentie depuis longtemps.

— Alors prépare-toi à la défaite.

Il balança son macuahuitl et fendit les barreaux qui lui bloquaient le chemin.

— Mort aux Olympiens ! cria-t-il en menant la charge.

Il courut vers Zeus qui avait sauté de la clôture, et se baissa dans l'intention de lui arracher une jambe au lieu de la tête, juste au cas où Marigold aurait changé d'avis à propos de son père. Zeus s'évapora avant que l'arme le touche, et réapparut à quelques centaines de mètres, soutenu par les dieux olympiens qui étaient apparus à son appel.

Les forces de Mictain se rangèrent derrière lui, faisant face à la bande aristocratique qui les regardait avec dédain. Avec un cri perçant, Mictain chargea et son armée le suivit en hurlant sauvagement.

Leurs forces s'engagèrent dans un affrontement puissant et bruyant que Mictain trouva revigorant malgré la cause. Son peuple, dont la soif de sang rugissait à travers leurs veines de morts-vivants, se jeta sans peur dans la mêlée, contrairement aux dieux olympiens qui, bien que joliment vêtus, semblaient plus soucieux de rester propres que de gagner.

La soif de bataille lui donnant des forces, Mictain balança son arme avec une précision mortelle, tranchant les membres à gauche et à droite. Aucun de ses coups n'était fatal, au cas où ses adversaires seraient liés à Marigold, mais chaque membre sectionné faisait sortir sa cible de la bataille. Bientôt, il fut évident pour Mictain que ses forces avaient le dessus, mais il avait oublié un élément clé des Olympiens.

Contrairement à leur peuple, les dieux olympiens n'avaient aucun honneur. Malheureusement, il ne se souvint de ce détail important que lorsqu'il sentit le zing d'un éclair électrique le frapper dans le dos et le jeter au sol, abasourdi.

Mictain cligna des yeux. Il était loin d'être mort, mais il lui fallait un moment pour que les effets de l'éclair se dissipent. Ses oreilles, cependant, allaient parfaitement bien, et il entendit clairement le cri — le cri d'une femme très énervée — résonner sur le champ de bataille.

On dirait Marigold.

À peine l'avait-il pensé qu'il se retrouva renversé sur le dos, fixant le visage jubilatoire de Zeus.

— Chien aztèque. Comment as-tu osé souiller ma fille, barbare ?

Mictain sentit un picotement dans ses membres, indiquant qu'il était sur le point de retrouver leur pleine utilisation. En attendant, il sourit à Zeus à travers des lèvres partiellement engourdies.

— Marigold est à moi. Et quand j'en aurai fini ici, je la ramènerai à la maison et la revendiquerai comme étant ma femme.

— Pas si je te tue d'abord, gronda Zeus.

— Oh non, certainement pas, cracha Marigold, qui arriva dans un flou et se tint au-dessus de Mictain, lui donnant ainsi une vue intéressante sur ce qu'elle portait sous sa toge blanche : rien du tout.

Son sexe se durcit et ses mains se contractèrent alors que les sensations lui revenaient. Il lui vint à l'esprit qu'il devrait se lever et se défendre, mais non seulement la vue était beaucoup plus intéressante de là où il était, mais il désirait également voir ce que Marigold allait faire.

— Qui t'a laissée sortir ? demanda Zeus, visiblement mécontent de son évasion.

— Je me suis laissé sortir toute seule, Papa chéri, déclara Marigold d'un ton doux qui indiqua, du moins aux oreilles de Mictain, à quel point elle était énervée.

— Impossible. Seul un dieu peut quitter cette pièce.

— Parles-en au trou dans ton mur. Maintenant, je prends Mictain et son armée, et je pars. N'essaie pas de m'arrêter.

— Sinon quoi ? demanda Zeus avec toujours autant d'arrogance.

Mictain ne voyait pas ce qu'elle faisait, mais il l'entendait : un bruit sourd suivi d'un gémissement. Mictain regarda avec un sourire narquois Zeus s'agenouiller, les larmes aux yeux et les mains sur son abdomen.

— Tu m'as frappé, l'accusa Zeus. Tu ne peux pas faire ça. Je suis ton père.

Il termina avec un gémissement qui fit grimacer Mictain.

Ces maudits Olympiens sont si fragiles.

— Je t'avais prévenu. Si tu veux être un père, que dirais-tu par commencer à être sympa avec mon petit ami et de ne pas essayer de m'enfermer dans une chambre ? Maintenant, vas-tu nous laisser tranquilles, ou vais-je devoir montrer comment j'ai fait ce trou dans le mur ?

— Bien. Pars. Je n'en ai rien à faire.

Zeus fit la moue et Mictain eut presque pitié du dieu. Mais pas pour longtemps.

Marigold changea de position, et il perdit la vue alléchante de ses fesses alors qu'elle s'agenouillait près de lui. Des yeux inquiets se posèrent sur les siens et des mains agrippèrent ses joues.

— Mick ? Est-ce que ça va ? Parle-moi.

— Un baiser, murmura-t-il.

À peine eut-il demandé que des lèvres se pressèrent sur les siennes, douces et souples. Le désir s'enflamma en lui, et son corps libéré de l'éclair s'anima — son sexe en tout cas. Mictain leva les bras et la tira sur lui. Elle haleta et il sourit avant de la faire rouler sous son corps dans un mouvement rapide.

Il l'embrassa en pressant son corps contre elle, incapable, ne serait-ce que de décrire à quel point il était heureux de la revoir. Son sexe par contre savait comment il voulait le lui prouver : il lui suffirait simplement de les débarrasser de leurs vêtements pour qu'il puisse se manifester et s'enfoncer en elle. Il avait besoin de...

Une voix s'éclaircit.

— Si je puis me permettre, même si pour ma part, je suis assez fan de vous voir vous sauter dessus, ne penses-tu pas que tu devrais d'abord libérer ton armée ?

Mictain gémit et se sépara de Marigold, même s'il n'en avait aucune envie. Elle était si belle avec ses joues rouges et ses yeux brillants de passion, et elle ne lui facilita pas les choses en lui adressant un sourire sensuel.

— C'est partie remise, lui dit-il en se tournant vers ses troupes qui souriaient devant les Olympiens abattus et recroquevillés.

Mictain sourit également.

Les gens peuvent bêtement s'imaginer que les Aztèques étaient des barbares, mais quand il s'agit de se battre, nous n'avons peur de rien.

Mictain ouvrit la bouche pour les remercier et leur ordonner de rentrer, mais Marigold le devança.

— Braves guerriers, merci d'être venus en aide à mon amant, Mictain, le dieu de la mort. Votre bravoure ne sera pas oubliée. Et pour vous remercier d'avoir participé à mon sauvetage, des boissons gratuites à...

Marigold marqua une pause.

— La vengeance de Montezuma, termina Mictain.

— Gracieuseté de mon père nouvellement retrouvé.

Zeus grommela et Marigold lui enjoignit de se taire.

— Tais-toi et considère cela comme un petit prix et un début sur le chemin de mon pardon.

Elle se tourna alors vers Mictain et pressa son front contre le sien.

— Maintenant, que doit faire une femme pour mettre un certain dieu nu, et l'emmener sous la douche avec elle ?

Mictain jeta un regard à Lucifer, qui soupira.

— Encore ? Qu'est-ce que je ne ferais pas pour mes amis.

Un claquement de doigts et ils étaient dans la salle de bain de Mictain — l'armée, Lucifer et le père intrusif libres.

Seuls. Merci.

Marigold se tourna vers lui et saisit le nœud à son épaule pour dénouer la toge, mais Mictain l'arrêta.

— Laisse et retourne-toi, demanda-t-il d'une voix rauque.

Il voyait encore sa douce moiteur quand elle l'avait chevauché sur le champ de bataille, et il la lui fallait, *maintenant*.

Marigold se tourna et appuya ses mains contre le

mur. Elle le regarda par-dessus son épaule et lui adressa un sourire faussement timide en remuant ses fesses.

— Allumeuse !

Avec un grognement, il releva sa toge et glissa une main entre ses fesses et sur sa vulve humide. Il aimait la voir si prête pour lui, sans même qu'il ait à la toucher.

— Ne me taquine pas, dit-elle d'une voix basse et sensuelle.

Sans avoir besoin d'autre invitation, il laissa tomber son pagne, et son sexe bondit en avant. Il gifla ses fesses avec, la taquinant, mais oublia toute idée de jeu quand elle se pencha et s'exposa à lui. Aucun homme sensé, ou dieu, n'aurait pu résister.

Il s'enfonça en elle en se promettant de se rattraper pour sa hâte plus tard, trop enflammé pour attendre un instant de plus. Il avait besoin de la sentir serrée contre lui. Mais il n'était pas le seul à être impatient : lisse et brûlante, son intimité le prit tout entier, et elle miaula pour en avoir davantage. Il enfonça ses doigts dans ses fesses et pilonna sa chair consentante, de plus en plus vite à mesure des cris excités qu'elle poussait. Il ne put non plus résister à l'envie de gifler ses fesses charnues, et sitôt que sa main la toucha, elle cria alors que ses muscles pelviens se resserraient autour de sa queue. Mictain cria à la sensation exquise.

— Encore, haleta-t-elle.

Le claquement de sa main contre sa chair pâle, la fit se contracter à nouveau, et Mictain se libéra dans un hurlement. Il jouit, mais son coup de reins final déclencha heureusement l'orgasme de Marigold.

Après avoir attendu un instant que ses tremblements s'atténuent, il se redressa et la prit dans ses bras. Sans lui laisser le temps de parler, ses lèvres réclamèrent les siennes dans un baiser fougueux alors que ses mains la dépouillaient de ses vêtements. Les mains de Marigold étaient également occupées à retirer les plumes qui le décoraient, et en quelques instants, ils étaient toutes deux nus sous le jet chaud de sa douche.

Il essaya de la laver et elle lui, leurs mains se caressant et se savonnant. Pourtant, même avec le petit coup vite fait contre le mur, Mictain était toujours empli de désir. La pensée de sa chair brûlante et lisse contre la sienne le rendait fou, et son sexe se durcit à nouveau. Son impatience semblait cependant égaler celle de Marigold à en juger par la façon dont ses mains parcouraient son corps tandis qu'elle l'embrassait en haletant.

Il tomba à genoux sous la douche et enfouit le nez entre ses cuisses. Elle attrapa ses cheveux mouillés et le regarda, les yeux lourds de désir.

— Lèche-moi, ordonna-t-elle.

Mais il n'avait plus besoin de se presser. Lui écartant les jambes et la maintenant ainsi de ses mains, il enfouit son visage dans le sommet de ses cuisses. Elle gémit et s'accrocha à lui alors qu'il torturait son clitoris sensible, sa langue effleurant le nœud engorgé.

— Appuie-toi contre le mur, dit-il d'un ton bourru.

Lorsqu'elle s'exécuta, il garda une main sur elle pour la soutenir, et utilisa l'autre pour fouiller entre ses lèvres charnues. Il gémit à la sensation de pression et entama un va-et-vient avec ses doigts, son index trouvant et caressant son point G. Elle frémit et son nectar coula le long de sa main. Il trouva à nouveau son clitoris avec sa langue alors qu'il la caressait, la travaillant frénétiquement jusqu'à ce qu'elle jouisse en poussant un cri et resserrant ses parois intimes autour de ses doigts. Mais il n'avait pas encore fini.

Il se leva et empoigna ses fesses rondes, les serrant avant de la soulever jusqu'à ce que son sexe soit aligné devant sa queue. Avec un grognement, il s'enfonça dans son sexe avide et tremblant encore sous l'effet de l'orgasme. Sa chair l'aspira et ses jambes s'enroulèrent autour de ses flancs, l'enfermant fermement. Mictain gémit.

— Oh oui, murmura-t-elle, enfouissant son visage contre son cou.

L'appuyant contre le mur carrelé de la douche, il commença lentement à bouger, son sexe épais glissant dans et hors son fourreau serré, mais ses cris excités et ses ongles s'enfonçant dans ses épaules lui firent rapidement accélérer le rythme. Il la martela de plus en plus vite, jusqu'à ce qu'elle crie son nom et jouisse, sa chair tremblant autour de lui en vagues qui le firent frissonner et jouir en elle.

Lorsque les tremblements de leurs corps se calmèrent, il la laissa glisser le long de son corps et la retourna jusqu'à ce qu'elle se trouve sous le jet chaud de la douche. Elle s'appuya contre lui et il la serra contre son torse.

— Merci d'être venu me sauver, dit-elle doucement.

— À ton service. Je suis désolé que ton père se soit avéré être une telle déception.

Marigold se tourna dans ses bras et leva les yeux vers lui.

— Bah, je m'y attendais. Ce à quoi je ne m'attendais pas, c'était un dieu aztèque rassemblant une armée et déclarant la guerre pour moi.

Mictain sourit.

— Il s'avère que tu n'avais pas besoin de mon aide, mais au moins mes hommes ont fait de l'exercice.

Marigold lui rendit son sourire.

— Hé, ça veut dire que je suis une demi-déesse alors ?

— À mes yeux, tu es définitivement une déesse.

Elle rougit et baissa les yeux. Mictain retint un petit rire. Elle était peut-être effrontée, mais elle fondait sous les compliments, et il avait intérêt à s'en souvenir.

— Reste tranquille maintenant pendant que je te lave. J'ai besoin d'une toile propre pour les choses sales que j'ai l'intention de te faire subir plus tard.

— Je saurais te le rappeler, le taquina-t-elle.

Mictain attrapa le pain de savon et la nettoya, s'agenouillant pour laver même la plante de ses pieds. Elle gloussa et il leva les yeux vers elle.

— Ça chatouille, dit-elle en haussant les épaules et souriant.

Elle avait l'air si adorable que les mots jaillirent de lui avant de pouvoir les arrêter.

— Je t'aime.

Marigold se figea pendant une seconde, non pas par peur ou par envie de courir, mais parce qu'il l'avait sidérée, dans le bon sens du terme. Elle réalisa à cet instant quelque chose de très important, aussi rapide et impossible que cela puisse paraître.

— Je t'aime aussi.

Il se leva, le visage débordant de bonheur, et ses bras s'enroulèrent autour d'elle de manière possessive.

— Mienne, affirma-t-il en la serrant fort contre lui.

— Tienne, convint-elle. Et tu es à moi aussi, pour toujours.

— Pour toujours, en effet.

— Waouh, c'est un long engagement compte tenu de ta durée de vie, déclara Satan d'un ton moqueur depuis l'extérieur de la douche.

— Lucifer ! beugla Mictain en poussant Marigold derrière lui.

Marigold rit et enroula ses bras autour de Mictain par derrière. Alors qu'il se disputait avec le seigneur d'Hadès au sujet des limites et des règles de base, Marigold réfléchit à sa bonne fortune.

Qui aurait pensé qu'un rendez-vous avec la mort finirait par me faire tomber amoureuse d'un dieu, et pas n'importe lequel, mais le dieu le plus torride et le plus gentil de tous les temps. C'est une situation où la mort peut me prendre quand elle veut — nue, bien sûr.

ÉPILOGUE

— Hum, Mick chéri, pourrais-tu venir, s'il te plaît ?

Marigold avait bloqué l'entrée de Satan à leur maison de ses visites impromptues en jetant un puissant sort sur le loft de Mick : leur maison en Enfer.

Le Seigneur d'Hadès tenta un air de chien battu, et la jeune femme se mordit les lèvres pour ne pas rire.

— Ah, allez, Marigold. Laisse-moi entrer. Je dois parler à Mick.

— Laisse-le entrer, Mari.

Mick l'éloigna de la porte dans le confort de son corps. Elle ne se lassait jamais qu'il la touche. Il s'était écoulé plusieurs semaines depuis le début de leur nouvelle vie ensemble, et elle était plus heureuse que jamais.

— Que veux-tu, Lucifer ? demanda-t-elle, ayant déjà une petite idée.

— Écoute, Zeus est vraiment désolé pour tout ce qui s'est passé. Il veut vraiment se rattraper auprès de toi.

— Je n'en doute pas, dit-elle. Mais tant qu'il ne sera pas prêt à s'excuser auprès de Mick, je n'ai aucun intérêt à lui parler.

— C'est le but de ma visite. Il accepte tes demandes, annonça triomphalement Satan.

Le front de Marigold se plissa.

— Je ne comprends pas. Qu'est-ce qui l'a soudainement fait changer d'avis ?

Satan eut un sourire diabolique.

— Le bébé, bien sûr. Il ne peut pas haïr le père de son petit-fils, n'est-ce pas ?

Marigold resta bouche bée devant Satan et les bras de Mick autour d'elle se resserrèrent alors qu'il lui chuchotait à l'oreille :

— Ça expliquerait en tout cas tes gros seins.

Marigold se tourna pour le foudroyer rapidement du regard, avant de revenir à Lucifer.

— Qu'est-ce qui te fait penser que je suis enceinte ? Tu ne crois pas que je l'aurais remarqué ?

— Les Moires sont venues prendre le thé hier et étaient assez étourdies de savoir qu'elles seront bientôt tantes. Je dois dire que je suis un peu blessé que personne ne m'ait demandé d'être oncle. C'est une bonne chose que je ne sois pas facilement offensé.

Marigold rit à l'allusion pas si subtile.

— Très bien, tu peux être l'oncle, mais s'il te plaît laisse-nous le corrompre.

Lucifer se frotta les mains avec joie.

— Super. Puis-je dire à Zeus que tout est pardonné ?

— Dis-lui qu'il peut venir dîner avec Héra. Mais préviens-le : un mot méchant et il sera viré.

— Aucun problème. Héra veillera à ce qu'il se tienne bien. Rendez-vous à la baby shower.

Satan dut sortir afin de pouvoir disparaître.

— Stupide sort de protection, grogna-t-il d'agacement.

Quelques secondes plus tard, Marigold tournoyait dans les bras de Mick.

— Un bébé. Notre bébé, chantait-il.

Elle sourit à son enthousiasme. La vie était sur le point de devenir plus intéressante, et en y pensant, elle devait remercier ses taches de rousseur pour cela.

— Je t'aime, Mick.

La rotation s'arrêta et Mick devint sérieux.

— Je t'aime aussi, Marigold. Merci d'avoir failli mourir.

— Quand tu veux, le taquina-t-elle. Pense à l'histoire formidable que ça sera à raconter à notre enfant.

Sur ces mots, il se remit à la faire tourner, mais étourdie d'amour et de bonheur, elle éclata de rire.

Qui aurait deviné que lorsque la mort viendrait me chercher, je me mettrais non seulement nue et l'inviterais au lit, mais que je le laisserais également prendre une place dans mon cœur.

Sifflotant, Lucifer réapparut dans son palais. Gaïa leva les yeux de la plante fanée sur son bureau.

— Qu'est-ce qui te grise ?

— Je ne suis pas grisé, femme. Simplement heureux d'un autre plan parfaitement exécuté.

— Parfait ? Tu as causé une guerre.

— Bah. Ils avaient besoin d'un peu d'excitation dans leur vie. Regarde le résultat final. Encore un couple heureux, un bébé en route, et Zeus a une dette envers moi pour l'avoir réconcilié avec sa fille.

— Il n'y a que toi pour te voir comme un héros dans tout ça.

— Pouah. Tu as raison. Tu penses qu'il est trop tard pour revendiquer la place de méchant ?

— Il n'est jamais trop tard pour devenir méchant.

— Alors fêtons cela avec des péchés torrides et transpirants, dit-il en la lorgnant et agitant ses sourcils de manière suggestive.

Elle remonta sa jupe verte mousseuse et s'enfuit avec un rire moqueur.

Il la poursuivit.

Et quand il la rattrapa, le tsunami qui en résulta souleva l'île d'Atlantis. Mais c'est une autre histoire.

FIN (DE CETTE HISTOIRE) MAIS LE PLAISIR CONTINUE: *BIENVENUE EN ENFER.*

www.ingramcontent.com/pod-product-compliance
Ingram Content Group UK Ltd.
Pitfield, Milton Keynes, MK11 3LW, UK
UKHW040237250426
12048UKWH00043B/1563